정의의 시대
하얼빈의 총성

정의의 시대
하얼빈의 총성

이우 희곡작품

몽상가들

차례

정의의 시대 / 11
　서문 / 13
　본문 / 19
　부록 / 165

작품해설 / 181
작가노트 / 199

알베르 카뮈에게

적절한 때에 역사에 반항할 줄 아는 사람들이야말로
역사를 앞으로 나아가게 한다.

― 알베르 카뮈 『반항하는 인간』

일러두기

본 작품은 역사적 사실에 기반을 두고 창작된 이야기이며 극중 일부 가상의 단체와 인물이 등장하고 있음을 알려 드립니다.

정의의 시대 : 허얼빈의 총성

서문

영웅에서 범인犯人으로

아마 정의태 의사를 모르는 한국인은 없을 것이다. 우리가 기억하는 그의 모습은 실로 다양하다. 그는 독립의군의 중장이자, 1907년 두 명의 일본인 고위 관료를 냉철하게 암살한 독립군이며, 일본의 법정에서 한치의 망설임도 없이 일본을 비난한 의연한 청년이기도, 아시아의 평화적 청사진을 그린 사상가이기도 하며, 훗날 건국훈장 제3등급인 독립장의 서훈을 받은 대한민국의 영웅이기도 하다. 심지어 한 평전에서는 그의 출생을 천문학과 연관시켜 타고난 비범함을 마치 여느 영웅의 탄생 설화 못지않게 극적으로 그려내고 있다.

나는 젊은 시절, 의연한 영웅으로 그려진 정의태를

동경했다. 결점 하나 없는 영웅이 그려 낸 인생의 궤적은 너무나 매력적이었다. 어떻게 그 모든 민족적 사명을 짊어지고 의연하게 방아쇠를 당길 수 있었을까. 그는 내게 국가적, 민족적 영웅이면서 동시에 개인적 영웅이나 마찬가지였다. 나는 그를 추앙하며 기나긴 순례를 했다. 그가 나고 자랐던 천안부터 시작해 방아쇠를 당겼던 하얼빈, 재판과 사형을 받았던 뤼순, 그리고 그를 소재로 한 소설과 영화는 물론 공판속기록까지 영웅의 자취를 따라갔다. 한데 이상하게도 그곳에는 내가 알고 있던 영웅은 없었다.

그의 진짜 모습은 영웅보다는 우리처럼 결점과 고뇌로 가득 찬 평범한 인간에 불과했다. 그의 인간적 갈등은 내게 메아리처럼 울리기 시작했다. "일본은 조선의 주권을 빼앗고 백성을 수탈하며 불의를 일삼는데, 그렇다면 그들을 향해 총구를 겨눈 나는 과연 의롭다 할 수 있는가.", "나는 독립의병의 이름으로 매국노와 일본 고위 관료를 무자비하게 죽일 권리가 있는가." 이렇게 그는 너무나 인간적이고 도덕적인 갈등에 깊이 고민하는 청년이었다. 그가 독립운동을 했다는 게 아이러니로 여겨질 정도다. 하지만 그는 독립의군을 이끌었고 그 누구보다 뜨겁게 일본의 제국주의와 맞서 싸웠다.

혹자는 그의 고뇌를 천주교인이기에 할 수밖에 없었던 신앙적 갈등이었다고 주장한다. 하지만 실상 그의 고뇌는 신앙을 넘어선 범인류적인 범주의 문제였다. 일본의 제국주의는 목적을 위해서는 그 어떤 도덕의 상실조차 용납하고 있었다. 지배의 논리 아래 전쟁과 수탈, 그리고 살인은 미화되고 정당화되었다. 정의태는 이 불의를 몸소 막고자 의병이 되었다. 하지만 그는 의병의 길 또한 본질적으로는 누군가를 죽여야 하는 일이기에, 정의가 의롭지 못하다는 아이러니를 절감하고 있었다. 그는 살인을 정당화하는 모든 정의를 경계하고 있었던 것이다.

그는 20세기를 정의와 불의가 양립하며 시시때때로 서로의 모습을 닮아 가는 시대라고 보았다. 이 때문에 그는 모순적인 감정의 경계 위에 서 있었다. 그는 일본의 법정에서 자신이 일본 고위 관료 둘을 죽인 행위를 철저히 의병 활동이었다고 주장한다. 하지만 한편으로는 전쟁터도 아닌 곳에서 무기도 소지하지 않은 일본인을 무참하게 죽였다는 사실에는 깊이 괴로워한다. 한 인간으로 불의를 행하지 않고는 대한독립이라는 정의를 이룰 수 없다는 아이러니를 알고 있었던 것이다. 정의태는 이 양가적인 감정을 모두 고스란히 떠안았다. 그는 스스로를 의병이며 동시에 살인자라 여겼다.

나는 정의태를 무대 위에 세워 보고 싶었다. 그의 뜨거운 대한독립의 염원과 더불어 진중한 도덕적 갈등을 고스란히 마주하고 싶었다. 무대 위에 선 그는 과연 의연한 영웅인가, 아니면 의로운 인간인가. 오늘날 독립 투사들은 우리 시대에 신성불가침의 영역으로 잡았다. 하지만 나는 감히 정의태를 신성의 제단에서 끌어내렸다. 영웅이 아닌 범인으로 말이다. 제단에서 내려온 그는 이제 우리와 다름없는 결점 가득한 한낱 인간이 되었다. 범인으로 무대에 선 정의태는 이제 우리에게 질문을 던진다. 국가란 무엇인가. 민족이란 무엇인가. 인간이란 무엇인가. 정의란 무엇인가.

* 이 작품은 정의태의 공판속기록, 그리고 그의 논문 〈정의의 시대〉를 기반으로 집필했다.

본문

제1막

막이 오르고 무대 중앙에 있는 조그마한 원형
테이블을 비추는 스포트라이트가 서서히 밝아진다.
마주 앉은 두 사내는 침묵 속에서 담배를 태우고 있다.
한 사내가 재떨이에 담배를 끄며 말한다.

창주 (초초하게 다리를 떨며)왜 아무 소식도 없는
걸까요? 일은 잘 치뤘겠죠?
형두 (창가를 응시한 채 담배를 빨며)의태는 분명…
해냈을 거야.
창주 그렇겠죠? 그렇다면 일본이 이 일을 감추는
걸까요?
형두 (천천히 담배를 끄며)이번 일에 대한 소식은

반드시 어떤 형태로든 우리에게 전해져 올 거야.

창주 그렇지만 요 며칠 동안 신문도 이번 일에 대해서는 언급도 없고… 소식통들도 아무 소식이 없고….

형두 그렇다면 더 희소식이지.

창주 희소식이라니요?

형두 적어도 의태는 돌아올 테니까.

창주 그렇다면 더 이상한 거 아닌가요?

형두 뭐가 이상해?

창주 결전일로부터 일주일이나 지났다고요. 돌아올 거라면 벌써 돌아왔을 거라고요.

형두 호들갑 떨지 마. 의태는 분명….

똑똑

노크 소리에 두 사내는 놀란 눈으로 하던 대화를 멈추고 현관문을 응시한다. 형두가 재빠르게 총을 꺼내자 창주도 이 모습을 보고 조용히 총을 꺼낸다.

똑똑

창주 의태 형인가 봐요!(몸을 일으키려던 찰나,

　　형두에게 제지당한다.)

형두 쉿! 너는 얼른 불 끄고 저기 서신들 숨겨!

창주 알겠어요!

똑똑

형두는 재빠르게 문 옆으로 달려가 벽에 몸을
밀착시킨 채 나지막이 외친다.

형두 마지막 경성행 열차가 도착할 때.

의태 (문 뒤에서 나지막한 목소리로) 블라디보스토크에

　　붉은 노을이 진다.

창주 (반가운 목소리로)의태 형이에요!

형두 (다급하게 문을 열고 그를 맞이하며) 어떻게 된

　　거야! 일은! 잘 처리했어?

창주 (문을 닫기 전 복도를 살펴보며)미행은 없었겠죠?

의태는 아무 말 없이 깊이 눌러 쓴 모자를 천천히
벗으며 의자에 털썩 앉는다.

창주 어떻게 된 거예요. 일은 잘 처리했어요?

형두 뭐라고 말 좀 해 봐. 얼마나 걱정했다고.

창주 설마 왜성대●에 들어가지도 못했던 건 아니겠죠?

의태 아니, 통감 관저까지 들어갔어.

창주 이완용, 그 작자를 보지 못했던 건가요?

의태 (고갤 푹 숙인 채)봤지. 두 눈으로 똑똑히. 그 매국노를… 하지만….

의태는 품 속에서 천천히 브라우닝 권총과 실탄이 든 주머니를 꺼내 테이블 위에 올려놓는다.

형두 (묵직한 주머니를 황급하게 쏟아 확인하며)어째서 총알이 그대로인 거야!

의태 도저히 쏠 수 없었어.

형두 뭐라고? 쏠 수 없었다니! 그걸 말이라고 하는 거야?

● 왜성대(倭城臺)는 대한제국기에 일본공사관이 자리 잡고 있었던 곳으로, 1905년 을사조약이 체결되자 통감부가 들어서게 되었다. 1910년 한일 강제합병조약부터 시작해 1926년 광화문에 조선총독부가 들어서기 전까지는 조선총독부로 이용되었다.

의태 미안해. 두려워서… 쏠 수가 없었어.

형두 뭐? 고작 한다는 말이 두려웠다고?

의태 그래. 용기가 생기질 않았어. 도저히 쏠 수가 없었다고!

형두 (테이블을 내리치며)이 겁쟁이 자식! 그래서 내가 간다고 했잖아!

의태 (이마를 짚으며 침묵한다) ….

형두 고작 사사로운 감정 때문에 일을 그르치다니 그걸 말이라고 하는 거야? 이번 거사를 위해 민중들은 못 입고, 못 먹고, 억압당하고, 수탈당하며 우리에게 의병 자금을 보내왔어! 그런데 고작 하는 말이 뭐? 두려웠다고!

의태 알아! 나도 그건 다 알고 있다고! 그런데, 도저히 쏠 수가 없었어. (두 손으로 머리를 감싸 쥐며) 두려워서 미치는 줄 알았다고!

형두 우리가 지금까지 이 순간을 위해 몇날 며칠을 고생했는데! 창주는 의병 자금을 운반하느라 허벅지에 총탄까지 박혔다고! 하지만 오직 너! (자리에서 벌떡 일어나 손가락으로 의태를 가리키며 소리친다)거사를 치르겠다던 너 하나가 이 모든 희생을 무의미하게 만들었어!

창주 저는 도저히 믿을 수 없어요! 의태 형이 고작 방아쇠 당기는 걸 두려워 했다니요. 저는 분명 다른 이유가 있었을 거라 생각해요. 내가 알던 형은 전장에서도 언제나 앞장섰잖아요. 말해 봐요. 분명 무슨 일이 있었던 거지요? 그렇죠?

의태 (고개를 푹 숙이며)이완용이 혼자가 아니었어.

창주 (두 눈을 동그랗게 뜨며)혼자가 아니었다니요?

의태 그의 곁에 아내와 두 아들이 함께 있었어….

형두 (의태의 말이 끝나기가 무섭게 소리를 지르듯)이 한심한 놈이!

형두는 갑자기 의태에게 달려들어 멱살을 잡는다.
의태가 고꾸라진다.
창주는 필사적으로 그들을 떼어 놓는다.

창주 진정들 해요! 우리끼리 싸운다고 뭐가 달라지겠어요?

형두 (모자를 벗어 집어던지며)젠장! 넌 모두의 피땀 어린 노력을 물거품으로 만들었어! 그 매국노의 집이 불에 홀랑 다 타 그가 왜성대에 머무르고 있던 건, 천재일우의 기회였다고●. 이제 암살

미수로 왜성대의 경비는 더 강화될 거야. 이
멍청한 놈아!

창주 자… 잠깐, 말도 안 돼요! 저는, 믿을 수가 없어요.
의태 형의 입으로 사건의 전말을 들어야겠어요!

의태 (잠시 침묵하던 그는 머리를 천천히 쓸어 넘기곤
천천히 입을 연다)그래. 통감 관저에 잠입했던 건
자정 무렵이었어. 하지만 관저에 들어갔을 때
예기치 못한 광경을 마주하고 말았지.

형두 거기서 그 매국노의 가족을 봤다는 거지?

의태 그래, 그들이 다 함께 침실에서 이야기를 나누고
있었어.

형두 고작 그것 때문에 매국노를 쏘지도 못했다는
거야? 그걸 말이라고 해?(주먹으로 테이블을 쾅
내리치며)

의태 그럼, 그 매국노는 아내를 안고 있고, 두 아들이
아버지를 막고 서 있는데, 그들의 가슴팍에
총탄을 박았어야 했을까!

- 이완용은 1907년 반일 단체와 군중들에 의해 자신의 집이 모두 불
타 버리고 목숨마저 위태로운 상황에 처하게 되는데, 이때 이토
히로부미는 일본군 헌병대의 호위를 붙여 이완용과 그의 가족들
을 왜성대로 피신시켜 준다. 그는 두 달 가량 이곳에 머물렀으며
이토는 피신 첫 1주일의 생활비 일체를 자신이 지불했다.

형두 (고함을 지르듯이) 쐈어야지! 다 죽이지 못할 거라면 가족들을 떼어 놓고라도 이완용의 가슴에 총탄을 박았어야 했어!

의태 무고한 아이와 아내가 있었다고! 아이들에게 비극을 안겨 줄 수는 없는 일이야.

형두 매국노의 가족은 똑같은 매국노야! 죽어도 마땅한 인간들이라고!

의태 (흥분해서)아니야! 인간의 죄는 대물림되지 않아! 게다가 갑오경장●으로 연좌죄는 폐지됐어!

형두 이 멍청아! 이완용, 그 매국노 때문에 지금 황제 폐하는 폐위됐고, 나라는 일본 손아귀에 완전히 넘어가고 말았어! 그런데 뭐? 가족? 가족 때문에 죽이지를 못했다고? 목표를 가로 막는 건 무엇이든 처단할 수 있는 각오로 갔어야지! 넌 애초에 자격조차 없었어!

의태 난 살인을 하러 간 게 아니야! 그저 정의를 실현하기 위해 갔을 뿐이었지. 우린 의병이야! 군인이라고! 말해 봐! (목에 핏대를 세우고) 우리의

● 갑오경장(甲午更張)은 1894년 개화파들이 청일전쟁에서 승리한 일본의 위세를 등에 업고 진행했던 조선의 제도개혁을 일컬으며, 갑오개혁(甲午改革)이라고도 불린다.

목적이 그저 살인이었던 거야?

창주는 이마를 짚으며 천천히 고개를 숙인다.

형두 그렇게 면밀하게 따지자면 이미 우리는
살인자야! 우리가 전장에서 숨통을 끊었던
적들을 생각해 봐!
의태 그래, 맞는 말이야. 하지만 그건 총알이
빗발치는 전장이었다고! 서로 죽고 죽이고
승리해야만 조선을 지킬 수 있는 그런
전쟁터였다고! 그런데 이건 완전히 다른 문제야!
그곳에는 무고한 여자와 아이가 있었어!
형두 저 일본놈들이 무얼 했는지 잊었어? (대답해
보라는 듯 고개를 까딱하고) 황후 폐하를
살해하고●, 을사조약으로 조선을 허수아비로
만들었고, 그것도 모자라 황제 폐하를
폐위시켰어●●! 그걸 매국노가 앞장서서
도왔다고! 게다가 무고한 민중들을 학살하고
능욕하는 마당에 너 혼자 도덕군자답게

● 1895년 10월 8일, 명성황후는 경복궁 내 옥호루에서 일본의 공권력 집단에 의해 살해되었다.

행동한다고? (의태의 얼굴에 내리꽂듯 삿대질을
하며) 넌 그저 쓸데없는 감상에 빠졌던 거야!

창주 저는… 의태 형을 이해할 수 있을 것 같아요.
제가 그곳에 있었더라도….

형두 아니! 아니야! (금방이라도 폭발할 것처럼 악에
받쳐 소리를 지른다) 넌 총탄이 허벅지에 박히고도
그런 말이 나와?

창주 (오른쪽 허벅지를 매만지며 침묵) ….

형두 정의태! 너는 방아쇠를 당겼어야만 해! 알잖아.
대의를 위해서는 희생도 필요한 법이야. 너는
그저 가족이라는, 우리가 그동안 의병 활동을
하느라 잊고 살았던 그 안락하고 따뜻한 광경에
놀랐던 것뿐이야. 너는 거짓 환영에 속은
것뿐이라고!

의태 그래. 그건 분명히 내가 잊고 있던 어떤
아름다움이었지. 가족, 무해하고 순수한
아름다움… 하지만 아무리 대의라고 하더라도
눈앞에 보이는 순수한 사람들의 희생을 강요할

●● 1907년 7월 19일, 고종 황제는 헤이그 밀사 사건의 책임을 일본과
대신들이 강압적으로 추궁하자 어쩔 수 없이 제위를 순종에게 양
위했다.

수는 없는 법이야. 정의에도 분명히 선이라는 게 있다고. 그 선을 넘는 순간 우리도 저 일본놈들과 똑같아지는 거야.

형두 아니, 넌 그저 아름다움에 놀랐던 것뿐이야. 그리고 중요한 본질을 간과했던 거지. 네가 목격한 아름다움의 본질은 무엇이었지? 그건 이 나라를 팔아먹고 얻은 아름다움이었고, 그 속에는 불의不義가 있었어. 너는 그 형상에 속아 본질을 보지 못한거야! (내뱉으려던 말을 입술을 깨물며 삼킨 뒤) 아니 혹시 모르지, 최후의 순간에 비겁해졌는지도. 너는 그저 죽음이 두려웠던 거 아냐?

의태 죽음이 두려웠다고? 아니! 나는 이미 죽기를 각오하고 갔어! 그래서 너희들과 함께 이 약지를 자른 거고!

의태는 한 마디가 잘려 나간 약지를 내민다.
잠시 침묵

형두 기억해. 우리는 의병이고, 수단과 방법을 가리지 않고 이 대한제국을 좀먹고 있는 원흉들을

처단해야만 해! 이 주 뒤에 이토가 하얼빈을
방문한다는 소식을 들었어. 그땐 내가 가겠어!

의태 안 돼. 너는 남아야 해. 알잖아. 너만이 앞으로
독립의군을 이끌 수 있다는 거.

형두 그래도 내가 하는 수밖에 없어. 너는 너무
도덕군자야. 결전의 순간에 도덕적 옳고 그름을
생각하면 일을 그르친다고. 게다가 너는 신앙도
문제야.

창주 (자리에서 벌떡 일어서며) 그렇다면 제가 갈게요.
저도 이제 더 중요한 일을 하고 싶어요.

의태 그 다리로 어떻게 가겠다고. 나을 때까지 안 돼.
미안하다 창주야. 이번에는 내가 꼭 일을 마무리
지을게.

형두 그렇다면 창주 앞에서 맹세해. 다음 거사를
완수할 수 있겠어?

의태 창주를 위해서라도 완수할 게.

창주 고작 저를 위한다고 하지 마세요. 우리는
조선의 아들로서 조선을 위해 이 일을 하고 있는
것뿐이니까요.

의태 (고개를 들지 못한 채) 그래 창주야…

형두 만약 이토의 젊은 정부情婦가 그를 가로막고

있다면 어떻게 할 거야?

의태 이토를 처단할 수 있다면… 그녀라도 쏠게.

형두 만약 그의 수행원이 그를 가로막고 있다면?

의태 그라도 쏠게.

형두 이토의 숨통을 끊어 놓기 위해서, 그 어떤 도덕적인 잣대도 버릴 자신이 있어? 네 신앙조차도 버릴 수 있어? 목적을 위해서라면 수단이 무엇이든 받아들일 수 있겠냐고. 이것만 내게 말해. (의태의 눈을 가만히 응시하며) 그렇다면 언제나 그랬던 것처럼 널 믿을게.

의태 그래. 내가 가슴에 간직하고 있는 이 십자가에 대고 맹세할게.

의태는 셔츠 단추를 풀어 그 사이로 십자가 목걸이를
보여 준다. 형두와 창주는 아무 말도 하지 못한 채
천천히 고개를 끄덕인다.

무대가 서서히 어두워지며
의태를 제외한 배우들이 빠르게 퇴장한다.
의태는 스포트라이트 아래 홀로 남겨져 있다.
그는 옷깃을 헤쳐 목걸이 끝에 달린 십자가를 꺼내

잠시 바라본 뒤 말한다.

의태 그래. 나는 이 모든 짐을 짊어지고 죄인이
　　　되어야만 하는 것이다….

무대는 다시 어두워진다. 낡은 경첩이 움직이는
소리와 함께 문이 열리며 의태가 방으로 들어온다.
방은 서서히 밝아지고 의태는 책상 앞에 홀로 앉는다.

의태는 어둠에 잠긴 빈 방에 홀로 앉아 브라우닝
권총을 손본다.
잠시 후 총알 끝에 쇠톱으로 십자가 모양을 깊게 새겨
넣는다.
창가로 향해 십자가가 놓여 있는 앉은뱅이 테이블
위에 총을 내려놓는다.
그리고 무릎을 꿇는다.

의태 주님. 저는 민족의 원수를 암살하지 못하고
　　　이렇게 돌아왔습니다. 두려워서였습니다.
　　　그동안 전장에서 수백 번이나 방아쇠를 당겨
　　　보았고 적의 심장을 몇 번이나 꿰뚫어 보았지만

이전에는 결코 느껴 보지 못했던 공포였습니다. 전장에서는 늘 정의의 방아쇠라 여겼기에 당기는 데 한 치의 망설임도 없었습니다. 이번에도 마찬가지일 거라 여겼습니다. 하지만 그렇지 않았습니다. 원수의 아내와 아이가 보는 앞에서 그를 죽인다면 그것은 정의라고 할 수 있을까요. 원수를 죽이기 위해 아내와 아이마저 죽인다면 그것을 정의라고 할 수 있을까요. 저는 쉬이 답할 수 없었고, 그리하여 중요한 일을 그르치고 말았습니다. 이번 일이 불의여서는 안 될 일이니까요.

저는 주님을 모시지만, 신앙이 알려 주는 도덕은 제가 따라야 할 정의와 심판해야 할 불의를 자꾸만 모호하게 만듭니다. 하지만 일본의 총칼 아래 국모는 살해됐고, 황제는 폐위됐으며, 무려 10만여 명의 동포가 역살逆殺을 당했습니다. 이제 이 비극을 멈추어야만 합니다. 이 모든 비극을 만들고 있는 장본인들을 모두 처단해야 합니다. 저는 원수의 숨통을 끊을 수만 있다면 이제 제가 어떻게 되든 상관없습니다. 살인자의 낙인이 찍혀 잔혹한 고문을 받고, 사형을 언도받고, 주님의 곁에서 버림받는다 하더라도 이건 제가 해야만 하는 일입니다.

주님, 그동안 저는 불의를 위해서만 싸워 왔습니다. 이제 저의 운명의 순간이 얼마 남지 않은 것 같습니다. 원수의 숨통을 끊는 순간, 제 삶의 소명은 이제 그 목적을 다한 것입니다. 그 이후, 차가운 감옥과 사형 선고가 기다리고 있다 하더라도 저는 기쁘게 그 최후를 맞이할 수 있습니다. 저의 삶은 정의로 완결되는 것이니까요. 신앙으로 완결되면 좋았을 테지만, 저는 주님의 양이기 이전에 조선의 아들입니다. 대한제국을 지켜야 합니다. 정의를 위해 신앙을 지키지 못하는 저의 고통을 부디 헤아려 주시옵소서. 훗날 주님 앞에서 심판을 받는 그날에는 부디 저의 죄에서 정의를 빼고, 오직 불의만을 심판해 주십시오.

그는 두 손을 모은 채 무릎을 꿇고는 고개를 푹 떨군다.

막이 오르자 의태와 창주가 기차를 뒤로 하고 나란히 걷고 있다. 그들이 나누는 이야기는 기차의 경적 소리에 묻혀 들리지 않는다. 잠시 후 그들이 플랫폼의 벤치에 앉자 무대가 조용해진다.

창주 이렇게 형이랑 역에 앉아 있는 것도
　　오랜만이네요.
의태 그래. 내가 북경에 갈 때도 여기서 함께 열차를
　　기다렸지.
창주 저는 여기서 형을 배웅했고요.
의태 (미소와 함께 창주의 머리칼을 흩뜨리며) 맞아.
　　너는 열차가 사라질 때까지 손을 흔들었고.

창주 저도 언젠가 형처럼 중요한 임무를 짊어지고 현장에 나가고 싶어요.

의태 그래. 창주야. 너도 머지않아 이 대한제국을 위해 큰 일을 맡을 수 있을 거야.

창주 그런 날이 오겠죠… 형, 사실 저는 놀랐어요.

의태 왜?

창주 형이 이완용을 죽이지 못한 채 그냥 돌아왔다는 거요.

의태 아직도 내가 하얼빈으로 가는 게 마음에 걸리는구나.

창주 아니요. 형을 전적으로 믿고 있어요. 제가 요즘 생각하고 있는 건…

의태 생각하고 있는 건?

창주 저는 과연 형이 느꼈던 고뇌로부터 자유로울 수 있는가, 하는 거예요. (발끝으로 바닥을 툭툭 차며) 만약에 제가 요인을 암살하러 갔는데 형과 같은 상황을 마주한다면, 저는 과연 어떤 결정을 할 수 있을까요. 예전 같으면 저는 반드시 방아쇠를 당겼겠지만, 형의 이야기를 듣고 마음이 조금 달라졌어요.

의태 너라면 어떻게 했을 거야?

창주 사실 저는 아직도 결정을 내리지 못했어요. 여전히 형의 고뇌에 갇혀 있어요. 무엇이 정의인지 말이죠.

의태 우리는 무엇이 정의인지 끊임없이 의문을 가져야 해. 그래야 정의는 더 빛이 날 수 있는 거야.

창주 하지만 형두 형은 제게 늘 말했어요. 암살에는 완벽한 행위의 규율이 있어야 한다고요.

의태 (턱을 매만지며) 완벽한 행위의 규율이라… 형두다운 말이군.

창주 우리는 마치 방아쇠를 당기면 즉각 발사되는 총처럼 행위의 원리가 단순해져야 한다고 했어요.

의태 그래, 우리의 숙명은 명령에 의해 움직이는 군인이어야 한다는 거지. 그래서 나는 형두의 강단이 마음에 들어. 사실 형두 같은 의군들 덕분에 우리가 계속해서 나아갈 수 있는 거거든.

창주 맞아요. 가끔 그런 형두 형이 냉혈한 같기도 하지만, 바로 그 점이 제가 이 길 위에서 흔들리지 않고 나아갈 수 있는 원동력인 건 명백한 사실이에요.

의태 그래서 나는 나보다 형두가 우리 독립의군을
 짊어져야 한다고 생각해.

창주 형이 굳은 일에 항상 앞장 서는 이유가 바로
 그거였군요.

의태 맞아. 하지만 나는 의병이 되고, 전장에서도 늘
 앞장서지만 고통스러워.

창주 고통스럽다니요?

의태 바로 한 가지 사실 때문이지.

창주 그게 뭔가요?

의태 이 세상 그 누구도 사람을 죽일 수 있는
 명분이나 권리를 갖고 있지 않다는 거야.

창주 그렇다면 형이 전장에서 방아쇠를 당길 수
 있었던 건 무엇 때문이었나요?

의태 (잠시 망설이다가 조심스럽게 입을 열며) 오직…
 정의, 그러니까 조선의 이름으로, 민중의
 이름으로만 사람을 죽일 수 있어. (자신의 말을
 심각하게 곱씹더니) 하지만 나는 조선과 민중의
 이름이 불명예로 더럽혀질까 그게 두려울 뿐이야.
 정의는 불의와 달리 숭고해야 하거든.

창주 (턱을 매만지며) 숭고… 해야 한다는 거죠…
 정의라는 건.

의태 나는 의병 활동이 도의와 명예를 저버린다면
 그날부로 의병을 그만둘 거야.
창주 (의태를 향해 미소 지으며) 형은 이미 도의와
 명예를 지키는 의병이에요. 앞으로도 그럴
 거고요.
의태 그렇게 생각해 줘서 고맙다.

곧 열차의 출발을 알리는 승무원의 외침이 들려온다.
그들은 잠시 승무원에게 시선을 빼앗긴다.

창주 그러고 보니 우리는 항상 그 이후를 이야기하지
 않았던 것 같아요.
의태 그 이후?
창주 항상 암살을 치밀하게 계획하기만 했지,
 방아쇠를 당긴 이후에 대해서는 이야기한 적이
 없어요.
의태 암살 이후를 말하는 거지?
창주 맞아요. 암살을 하고 현장에서 어떻게 도망을
 간다거나, 어떻게 탈출을 한다거나, 혹은
 체포되거나 수감되었을 때 어떻게 해야 하는지에
 대해서는 단 한 번도 고려한 적이 없잖아요.

의태 그건 우리가 고려할 사항들이 아니지. 우리는 암살이 생의 마지막인 것처럼 나아갈 뿐이야. 오직 그것만이 우리에게 주어진 몫이지. (어떤 각오를 하듯 주먹을 꽉 쥐며) 나는 대업을 완수하고 나면, 압제의 손아귀에서 그 어떤 심판을 받는다 하더라도 아무 상관없어.

창주 하지만 형, 꼭 돌아와야 해요. 저는 형과 의병활동을 계속 함께하고 싶어요. 이제 제겐 형은 아버지나 다름 없으니까요.

의태는 잠시 어떤 대답을 하려다 말을 삼킨다.
그 순간 기차가 출발을 알리는 경적을 울린다.

의태 (짐을 짊어지고 몸을 일으키며) 이제 가 봐야겠다.
창주 꼭 돌아온다고 약속해요.
의태 ….
창주 (강요하듯) 약속해요.
의태 조선은 머지않아 멋진 자주국가가 될 거야.
창주 (원망하는 눈길로 침묵)
의태 간다, 창주야.

의태는 잠시 창주를 바라보더니 무언가를 결심한 듯
뒤도 돌아보지 않고 열차에 올라탄다.
의태가 올라탄 열차는 희뿌연 증기를 내뿜으며
하얼빈을 향해 달리기 시작한다.
창주는 열차를 바라보며 혼잣말을 한다.

창주　꼭 돌아온다고 약속해요.

열차 소리는 점점 작아지고 무대도 이에 따라 점점
어두워진다.
그 속에서 창주는 터벅터벅 걸음을 옮겨 어둠 속으로
사라진다.
다시 무대는 밝아지고 텅 빈 방이 드러난다.

창주는 창밖을 바라보며 홀로 서 있다.

창주　의태 형은 지금쯤 도착했으려나….

문밖에서 거친 발소리가 들려온다.
갑자기 덜컥 문이 열린다.

형두 (거친 숨을 내쉬며)창주야! 의태는 떠났어?

창주 네. 새벽 일찍 역에 바래다주고 왔어요. 열차가 떠나는 것까지 봤죠.

형두 젠장! 일이 틀어져 버렸어!

창주 아니 무슨 일이길래 그래요?

형두 이토가 하얼빈에 간다는 게 잘못된 정보였어. 이토와 러시아와의 회담이 성사된 게 아니었어. 이번에는 이토가 아니라 이토의 실무관들이 사전 시찰을 위해 하얼빈으로 가는 거였어!

창주 뭐라고요? (눈을 동그랗게 뜨고) 이거 정말 큰일이네요! 우리는 그의 얼굴도 제대로 모르잖아요!

형두 그러니까! 의태는 분명 일본 고위 관료로 보이는 사람을 처단할 거야!

형두는 이마를 짚으며 창가를 계속해서 배회한다.
창주는 손톱을 물어 뜯으며 생각에 잠긴다.

창주 그래도 이토의 실무관들이면 처단해도 괜찮지 않을까요? 그들이 다 우리의 원수인 건 마찬가지잖아요.

형두 실무자들은 처단해도 아무 의미가 없어.

창주 왜요?

형두 그들이 죽는다고 해도 세상은 변하지 않아. 윗대가리들은 그대로니까. (자신의 관자놀이를 툭툭 치며) 게다가 의태가 고작 이토의 실무관을 죽이고자 독립의군을 이끌었던 게 아니잖아. 의태는 이토의 목숨과 자신의 목숨을 맞바꿀 각오를 하고 하얼빈으로 향하는 거야.

창주 맞아요…. 의태 형은 제게 이토를 죽인다면 자신이 주님의 죄인이 돼도 상관없다고 했어요.

형두 그런데 이토가 아닌 다른 이를 죽인다면… 의태는 안에서부터 무너져 내릴 수도 있을 거야.

창주 독립의군도, 저도 의태 형 없이는 안 돼요.

형두 여러모로 큰일이야. 이걸 어떻게든 막아야 해!

창주 아무래도 우리도 하얼빈으로 향해야겠죠!

형두 우리라니. 그 다리로 어딜 가겠다고. 나 혼자 다녀올게.

창주 (시무룩한 얼굴로) 저는 또 여기 남는 건가요.

형두 창주야. 넌 우리의 미래이자 조선의 미래야. 넌 나중에 우리가 하는 것보다 더 중요한 일을 하게 될 날이 올 거야.

창주 알겠어요. (허벅지를 매만지며) 제가 가면 짐만
되긴 하겠죠.

형두 우리 독립의군도 이번 일만 끝내고 최재형
선생님이 이끄는 동의회●에 합류하기로 했잖아.
앞으로 네가 할 일도 많아질 거야.

창주 참, 동의회에서 대한의군도 창설했다고 했죠.
우리도 그럼 대한의군에 편입되는 거겠죠?

형두 그래 맞아. 우리도 대한의군으로 편입되면
지금보다 여건도 좋아질 거야. 앞으로 우린 함께
큰일을 도모할 수 있을 거야.

창주 이제 조선의 의병을 이끄는 우리 젊은이들도
뜻을 한데 모아야 할 때가 온 것 같군요.

형두 (어깨를 다독이며)그래 일단 이 일을 얼른 마무리
지어 보자.

창주 네, 알겠어요. 저는 그럼 일단 내일 가장 빠른
기차표를 알아볼게요.

형두 아니야, 표는 내가 이미 사 놨어. 자 이거 받아.

● 동의회(同義會)는 1908년 4월, 러시아 얀치혜에서 결성된 한인 구국운동 단체이다. 이범진(李範晉), 최재형(崔在亨), 이범윤(李範允), 안중근(安重根), 엄인섭(嚴仁燮)등이 발기인이었으며, 조선 동포의 일심(一心) 동맹을 첫 번째 방침으로 삼아 독립을 위한 무장 투쟁의 기치를 천명했다.

창주 이게 뭐예요?

형두 서신이야. 일단 이건 최재형 선생님께 전해 드리고, 잠시 그분께 의탁해 있어.

창주 여기를 떠나 있으라고요?

형두 내가 의태랑 돌아올 때까지만. 언제나 그랬듯 만일의 사태에 대비하자는 거야.

창주 알겠어요. 그러면 꼭 의태 형을 데리고 무사히 돌아와야 해요. 약속해요.

형두 (따뜻하게 미소를 지으며)알겠다. 약속하마.

제3막

형두는 인파로 붐비는 하얼빈역에서 의태를 찾으며 배회하고 있다. 그의 셔츠는 땀으로 얼룩져 있다.

형두 의태는 분명 하얼빈 역에 있었을 거야. 내가 발견하지 못한 게 분명해. 총소리가 들리지 않았던 건 의태가 기회를 잡지 못해서였을 거야. 아니면 당황했을지도 몰라. 이토가 왔다면 분명 러시아에서 성대한 환대를 해 주었을 테니까.

그는 무엇에라도 홀린 것처럼 인파 사이를 헤치고 다닌다.
낯선 사람의 어깨를 잡으며 의태의 이름을 부르기도

한다.

형두 (누군가의 손을 낚아채며)의태야!
행인 뭐 하는 겁니까?
형두 죄송합니다.

그는 지나가듯 사과를 한 뒤 빠르게 뛰어가며 인파 속에서 다시 의태를 찾는다.

행인 (자신의 소매를 툭툭 털어 내며)뭐 저런 인간이 다 있어.
형두 이토가 오지 않았다는 걸 알아챘을까. 어쩌면 수행원 중 한 명을 이토로 착각하고 다른 기회를 찾고 있는 건 아닐까. (이마의 땀을 훔치며) 생각하자. 내가 의태였다면 차선책은 무엇이었을까. 차선책은…. 그래! 수행원들이 일본 영사관으로 갔다고 했으니 의태도 그곳으로 갔을 거야! 아무래도 인력거를 타야겠다!

그는 인파를 헤치고 인력거를 향해 달려간다.

인력거꾼 (수건으로 땀을 닦으며)어디로 모실까요, 손님.

형두 일본 영사관으로 가 주시오!

인력거꾼 빠르게 모시겠습니다. 얼른 타시지요!

형두 (자켓 주머니에서 회중시계를 꺼내 보며)늦지 않아야 할텐데…

인력거꾼 좀 전에 일본인들을 태운 마차도 일본 영사관으로 향하던데, 일행이신가 보죠?

형두 그… 그렇소. 그들보다 빨리 도착하면 두 배로 주겠소!

인력거꾼 하얼빈은 제 손바닥 안에 있습니다요. 그럼 출발하겠습니다!

형두 (초조한 얼굴로)이번 일은 이미 실패한 거나 마찬가지야. 가장 최악의 수는 의태가 방아쇠를 당기는 일이다. 만약 의태가 이토가 아닌 누군가를 암살하게 된다면, 정신적으로 큰 충격을 받게 될 거야. (시계를 한번 보고는)멀었습니까? 서둘러 주십시오!

인력거꾼 (숨을 헐떡이며)거의 다 왔으니 걱정일랑 붙들어 매십시오!

형두 의태가 무너지면 모두가 위험해. 우리는

앞으로 대한의군에 편입되어 더 큰일을 도모해야 해. 지금보다 더 크고 더 중요한 일을 말이야. 의태를 찾아야 한다. 반드시 의태를 찾아야 한다….

인력거꾼 저기 사람이 붐비는 곳이 일본 영사관입니다!

형두 (인력거에서 반쯤 몸을 일으키곤) 의태… 의태를 찾아야 한다!

인력거꾼 (잠시 멈춰서서) 저 반대편에서 마차가 오고 있긴 합니다만, 아무래도 제가 먼저 도착한 것 같으니 두 배로 주시는 건 잊지 마셔야 합니다.

형두 좋소. 얼른 가기나 하시오!

인력거꾼 (고갯짓을 하며)저기에서 러시아 헌병들이 검문을 하는지 길이 막히니 잠시 기다려 보시죠.

형두 아닙니다. 여기서 세워 주십시오!

그는 돈 뭉치를 휙 던진 채 인력거에서 뛰어내려 달리기 시작한다.

인력거꾼 거스름 돈은 가져가셔야죠!

형두 됐소!

인력거꾼 바쁘기도 해라. 저 청년은… 돈보다 중요한 게 있나 보군.

형두는 다급하게 영사관을 향해 뛰어간다.
갑자기 날카로운 총성이 들려온다.

형두 (놀라 걸음을 멈추고 소리친다)안 돼!

사람들의 비명과 함께 호각 소리가 여기저기서
들려온다.

의태 내가 이토를 처단했다! 대한제국 만세!
　　　대한제국 만세! 대한제국 만세!

의태가 태극기를 꺼내 흔들기가 무섭게 형두가 그를
낚아챈다.

형두 안 돼, 의태야! 여기에 이토는 없어!
의태 (눈을 꿈뻑이며) 아니, 네가 왜 여기에!
형두 틀린 정보였어! 얼른 도망쳐야 해!
러시아 헌병 장교 저 둘을 잡아!

달려온 군인들이 형두와 의태를 개머리판으로
후려친다. 그들은 일격에 고꾸라진다.

의태 윽!

형두 아앗!

러시아 헌병 장교 영사관 앞에서 총을 쏘다니! 당장
체포해!

러시아 헌병들 꼼짝 마! 이 테러리스트들! 움직이면
쏜다!

의태와 형두는 결박된 채로 바닥에 누워 얼굴을
마주하고 있다.
그들이 숨을 쉴 때마다 흙먼지가 나부낀다.
이어서 군중들의 비명과 웅성거림, 호각소리,
구급대원들과 군인들의 외침이 들려온다.

의태 이… 이토가 아니었다니….

형두 (두 눈을 부릅뜨고) 명심해 정의태! 너는 죽어
마땅한 자들을 죽였을 뿐이야!

의태 (초점을 잃은 채로 허공을 응시하며) 이토가
아니었다니….

형두 정의태! 정신차려! (발로 의태를 걸어차며) 내 눈 똑바로 봐! 저들 역시 이토의 수하들이야. 일본 제국주의의 하수인이라고! 너는 마땅히 해야 할 일을 했을 뿐이야! 정신차려!

흙먼지와 비명이 난무하는 아수라장은 빠르게 어둠으로 전환된다.
의태와 형두는 수갑에 구속되어 지하 유치장에 앉아 있다.

의태 (머리를 감싸 쥐며) 이토가 아니었다니….

형두 거짓 정보였어. 하지만 중요한 건 네가 일을 제대로 완수했다는 거야.

의태 (원망스러운 눈빛으로) 완수라니? 나는 엉뚱한 사람을 죽였어.

형두 아니. 너는 이토의 수족을 자른 셈이야. 아까 헌병들이 하는 이야기를 들었어. 그들은 외무성●의 대신 정무관과 통감부●●의 외사과장 이야.

● 외무성(外務省)은 일본 중앙성청 중 하나로, 1869년에 설립되었으며 일본의 외교업무를 담당하고 있다.

의태 하지만 우리의 목표가 아니었어.

형두 (완고한 어조로) 때로는 빗나간 화살이 과녁을 명중할 때도 있는 거야.

의태 나는 그들이 누구인지 이름조차 몰라.

형두 외무성과 통감부의 고위 관료면 이미 죄를 짊어지고 있는 사람이야. 조선을 약탈하고 유린한 사람들이라고. 동학 농민들을 학살하고, 황후 폐하를 살해하고, 조선의 민중들을 역살하고, 황제 폐하를 폐위시키는 데 이미 일조한 사람들이야. 그들은 죽어 마땅해.

의태 그들은 말 그대로 조직의 수하인일 뿐이야. 그저 명령을 받고 충실히 수행하는 행정관료에 지나지 않아. 그들에게 죄는 없어. (자책하듯 입술을 깨물며)

형두 아니, 불의를 수행하는 이들에게도 죄는 있어. 네 말대로라면 황후 폐하를 살해한 낭인들은 죄가 없다고 할 수 있을까? 동학 농민들에게 총을 난사한 일본군들은? 을사조약을 강행하기 위해

●● 통감부(統監府)는 1905년 을사조약 체결 이후 일본이 대한제국에 설치했던 관청으로 정치와 군사 업무를 담당했다. 통칭 한국통감부라고도 하며, 1910년에 설립된 조선총독부의 모체가 되었다.

덕수궁에 대포를 조준하도록 명령했던 장교들은?
을사조약의 초고를 작성한 행정 관료는?
모두 크고 작음의 문제지 조선땅에 있는
일본인들은 모두 불의의 화신들이야. 그 모든
불의들을 정의의 이름으로 처단하는 게 우리의
사명인 거고.

의태 아무리 의병이라도 일본인 모두를 죽일 권리는
없어. 다만 우리는 각오를 해야 하는 거지.

형두 각오?

의태 그래 각오. 누군가의 목숨을 앗아가면, 자신의
목숨도 내놓을 정도의 각오 말이야.

형두 정의를 행함에 있어 그따위 감상적인 각오는
필요 없어. 불의가 그러하듯, 정의 역시 불가피한
희생이 늘 따르는 법이야.

의태 아니야. 정의는 더욱이 그래서는 안 돼.

형두 (짜증 섞인 말투로)제발 정신 좀 차려. 우리는
의병이야! 군인이라고!

의태 (담담한 태도로 독백을 하듯) 나는 이토의 목숨과
나의 목숨을 맞바꾸기로 결심했었어. 이토의
숨통을 끊는다면 내 모든 걸 잃고 살인자로 낙인
찍혀 교수형에 처할 각오도 했지. 그게 삶의

합당한 계산이라 여겼어. 하지만 나는 엉뚱한 사람을 죽였어. (자신의 두 손을 가만히 응시하며) 아직도 이렇게 손이 떨려. 총을 맞고 쓰러지던 그들의 단말마의 외침이 아직도 귀에 선해. 나를 원망스럽게 바라보던 그 애절한 눈빛이 아른거려.

형두 (깊은 한숨을 내쉬며) 그래서 내가 오겠다고 했던 거야. 너는 너무 감성적이야. 너의 행위에는 고려해야 할 사항들이 너무 많아. 정의의 기준, 도덕적 잣대, 신앙적 갈등, 미묘한 감정. (주먹으로 자신의 왼쪽 가슴을 치며) 우리는 정의를 수행함에 있어 냉혈한이 되어야 해. 우리의 살인은 모두 정의의 이름으로 정당화해야 하는 거라고. 그래야 대한제국을 압제에서 구하고, 조선의 민중들을 해방시킬 수 있어.

의태 그게 바로 네가 아닌 내가 현장에 나가야 했던 이유야. 너처럼 강단 있는 인물이야말로 의병을 이끌고 뚜렷한 목적을 향해 더 신속하게 나아갈 수 있어. (고개를 천천히 가로저으며) 어쩌면 나 같은 놈은 의병에 어울리지 않는지도 몰라.

형두 맞아. 너는 학자 체질이긴 하지. 하하….

의태 (형두의 웃음에 전염되어 따라 웃으며) 그래.

학자가 참 멀리도 왔지. 정의의 이름으로 일본의 수장을 죽이려고까지 했으니까.

형두 (어깨로 의태를 툭 치며) 그래서 네가 멋진 의병이야. 다른 사람들이 의병으로 너를 따르고 존경하는 게 바로 다 이런 이유 때문이고.

의태 그건 그렇고, 너는 도대체 여기까지 왜 온 거야?

형두 네가 무너질까봐 걱정이 됐거든.

의태 너는 남아서 독립의군을 이끌어야지!

형두 네가 독립의군의 정신적 버팀목이야. 나는 너뿐만이 아니라 독립의군을 위해서 이곳에 온 거야. 사실은 네가 방아쇠를 당기기 전에 잘못된 정보임을 알려 주고, 너를 데려오려고 했어. 하지만 이미 일은 벌어지고 말았지.

의태 그건 판단 실수였어. 너는 여기 있으면 안 돼!

형두 이제 나의 목표는 네가 정신적으로 무너지지 않게 하는 거야. 그래서 남아 있는 이들에게 정의태가 얼마나 올곧은 의병이었는지 전해 줄 거야.

의태 나는 이 시대에 신음하고 있는 한낱 의병일 뿐이야.

형두 고작 한낱 의병이라니. 네가 독립의군을

창설했고 지금까지 이끌었어.

의태 여기까지 와서 그런 말들은 집어 치워. 중요한 건 너도 현행범으로 체포됐다는 거야.

형두 나는 고작 징역형 정도에서 끝이 나겠지. 다시 돌아가서 의병활동을 할 수 있어. 하지만 너는….

의태 알아. 하지만 나는 이번 일에 이미 목숨을 걸었어.

형두 (의태에게 한 걸음 성큼 다가가며) 너는 이제 앞으로 더 강해져야 해. 이제 너를 지켜 줄 건 아무것도 없어. 대한제국도, 조선의 민중도, 우리가 내세우는 정의도, 네가 무엇보다 소중히 여기는 신앙도 너를 차가운 교수대로 향하도록 내버려 둘 거야.

의태 나는 죽음이 두렵지 않아.

형두 두렵지 않다고?

의태 말했잖아. 죽음을 각오했다고. 다만… 두려운 건 단 하나뿐이야.

형두 그게 뭐지?

의태 교수대는 두렵지 않아. 그건 내가 저지른 죄의 합당한 몫이라 여기고 있어. 다만 두려운 것은 내가 젊음을 바친 의병활동이 살인이라는 죄명으로 희미해져 버리는 것뿐이야. 죄를 지었지만 죽어서도 살인자가 아닌 의병으로 남고 싶어.

형두 (가만히 뭔가를 생각하더니)나를 친구로 생각한다면 이것만은 약속해 줘.

의태 어떤 약속?

형두 복잡하게 생각하지 않기로.

의태 복잡하게 생각하지 않다니?

형두 너는 군인으로서 일본 고위 관료를 암살한 거야. 이토를 죽인 거랑 다름 없다고. 이 사건의 본질은 그것뿐이야. 그렇게 생각하겠다고 약속해.

의태 아니야, 나는….

형두 (짜증 섞인 말투로) 그 나약한 죄의식은 제발 좀 가슴 속에 묻어 둬! 나라고 죄책감이 없을 줄 알아? 다 정의를 위한 냉혹함일 뿐이라고!

의태 나는 그저….(무언가를 말하려다 침묵)

형두 너는 그저 정의를 실현한 의병에 지나지 않아! 내게 약속해. 이제부터 그렇게 생각하겠다고.

의태 (깊은 한숨과 함께 침묵)

형두 이건 너뿐만이 아니라 우리 독립의군, 아니 지금도 들판에서 들짐승처럼 먹고 자는 모든 의병들을 위한 거라고, 알겠어?

의태 (고개를 푹 숙인 채) 그래, 나는….

형두 내 눈을 보고 똑바로 말해! 그렇게 할 거라고 얼른 맹세해!

의태 그래…. (푹 숙였던 고개를 천천히 들며) 나는 정의를 실현한 의병이야. 죽을 때까지 의병이 될 게.

형두 (마음을 가라앉히며) 고맙다 의태야.

의태 대신 너도 약속해.

형두 뭘?

의태 너는 그저 현장에 있던 나를 구하러 온 친구였던 거야. 그래야 형량을 덜 받을 수 있어.

형두 아니. 나는 우리 독립의군을 세상에 알려야 해. 대한제국의 의병들이 갖고 있는 의지를 세상에 전해 줘야만 해. 그것이 바로 우리 존재의 의미야.

의태 (원망스러운 눈빛으로) 너 정말….

형두 상관 마. 이제 독립의군은 내가 이끌 거니까. 그건 그렇고 이제 우리는 앞으로 이야기를 나누지 못할 수도 있어. 그러니 오늘 나눈 이야기가 우리 그 자체가 되어야 해.

의태 알겠어.

갑자기 형두는 두 눈을 감고 숨을 깊게 들이마시며
천장을 바라본다.

형두 난 이 순간이 너무 기뻐.
의태 기쁘다니?
형두 왠지 네가 했던 말이 점점 눈앞에 가까워지고
있는 것 같거든.
의태 내가 했던 말? 그게 뭔데?
형두 네가 늘 말하곤 했잖아. 조선은 머지않아 멋진
자주국가가 될 거야, 라고.
의태 그래, 그날도 머지않았어.

그들은 아무 말 없이 결박된 서로의 손을 뜨겁게
맞잡는다.
형두는 조용히 미소를 짓고, 의태의 눈에서는
소리없이 눈물이 떨어진다.
그 순간 무대가 어두워진다.

제4막

차가운 쇠창살 사이로 달빛이 새어 들어온다.
달빛 아래 두 죄수가 앉아 있다.

어느 죄수 맞제? 당신이 총으로 두 명을 죽인, 바로 그 청년이제?

의태 (침묵한다)

어느 죄수 (재미있는 이야기를 시작하려는 듯 입맛을 다시며) 참으로 대단혀. 그놈들 가슴에 총알을 세 방 씩이나 박았담서?

의태 (침묵한다)

어느 죄수 잉, 말하고 싶지 않다 요거제. 그래 암말 안 혀도 다 알지잉. 여기선 자네 소문이 자자허다구.

(의태의 표정을 잠시 살펴보며) 이잉, 이거 쪼까
섭하구마잉. 그랴도 사람이 말을 허는디 쳐다라도
봐야 하는 거 아닌가. 허긴 여기 첨 오면 마음이
편치 않긴 허제.

의태 (깊은 한숨을 내쉬며) 미안하지만, 저는 지금
누구하고도 이야기하고 싶지 않습니다.

어느 죄수 잉, 그랴도 이 잠 못 드는 이 밤에 쪼까
얘기 하는 게 뭐 문제가 될랑가. 우째 될랑가는
모르겠지만, (의태의 표정을 곁눈질로 살펴보며)
그랴도 당분간은 한 방에서 먹고 자고 할
인연인디. 사람이 대화를 안 하고 어찌 세상을
살아가겠는가. 옥도 다 사람 사는 곳인디.

의태 (한숨을 길게 내쉬고) 그래요. 제가 바로 사건의
장본인입니다.

어느 죄수 우린 통하는 게 있겠구먼.

의태 (천천히 고개를 돌리며) 당신은, 어떻게 이곳에
오게 된 거죠?

어느 죄수 (미소와 함께) 내도 사람을 죽였제.

의태 아니, 어쩌다가…

어느 죄수 어디 내 같은 소인배가 작정하고 사람을
죽였겠나. 노름허다 한 놈이랑 쌈이 붙어 바닥에

나뒹굴어 싸웠는디, 정신을 차려 보니 그 인간이
죽어 있드라고. (쓰읍하고 입맛을 다시며) 그놈이
탁자에 머리를 찧고 한 방에 가부렸던 거제.
그렇게 질기던 놈이, 잉, 그렇게 쉽게도 가부렸던
거제. (콧방귀를 뀌며) 망할 놈의 자식 같으니라고.

의태 (놀란 눈으로) 아니, 어떻게 사람을 죽여 놓고
그렇게 말할 수 있는 겁니까?

어느 죄수 (눈살을 찌푸리며) 어째 그런 눈으로
나를 본당가? 어데 내가 사람을 죽이고 싶어서
죽였당가.

의태 그래도 이유야 어찌 되었든 사람을 죽인 건데
너무 쉽게 말하는 거 아닙니까.

어느 죄수 어허, 자네는 말을 참 이상하게 하는구먼.
내는 자네랑 같은 죄목으로 이곳에 있어서 말이
통헐 줄 알았는디.

의태 (놀란 눈으로) 같은 죄목이라니요. 우리는
본질적으로 다른 이유로 이곳에 있는 겁니다!

어느 죄수 잉, 내를 버러지맨치로 보고 있구마잉.
자네의 살인은 고귀하고, 나넌 천박하다 이 말인
거제?

의태는 무언가를 말하려다 머뭇거린다.

어느 죄수 어째, 당황하는 거 보니 내 자네 의중을 찔렀는갑네.

의태 그런 뜻이 아닙니다.

어느 죄수 그런 뜻이 아니면?

의태 다만… 저는 살인을 한 게 아닙니다.

어느 죄수 고럼 그게 살인이 아니고 뭐시당가?

의태 저는 대한제국의 대의와 정의를 실현했을 뿐입니다. 불의를 처단했을 뿐이죠. 죽음까지 각오하고 말이죠. (조심스레 그를 바라보며) 그래서 저는 당신과는 엄연히 다릅니다.

어느 죄수 아니, 자네가 처단한 사람은 사람이 아니던가. 자네나 내나 사람을 죽인 건 매한가지제. 대의? 정의? 내도 따지고 보면 도박판에서 더럽게 패 만지는 자식 죽여분 거니 고것 또한 정의 아니겠는가. (잠시 생각에 잠기더니) 암, 그렇게 내도 따지고 보면 대의네잉. 어느 모로 보나 자네나 나나 같은 처지인 건 마찬가지 아니겠는가.

의태 같은 처지라니요. 저는 대한제국을 위해

일본의 고위 관료를 처단한 거고, 당신은 천박한 도박판에서 살인을 저지른 것뿐입니다!

어느 죄수 아니, 그런디 자네는 그런 말할 자격이 있기나 하당가? 따지고 보면 내보다는 자네가 더 극악무도한 살인자가 아닌가.

의태 (마른 침을 꿀꺽 삼키며 침묵)

어느 죄수 내는 엄연하게 우발적인 살인이었제. 변호사도 그때 내가 만취했다는 것을 법정에서 잘 말허고 정신감정도 받으면 사형도 면허구 감형도 할 수 있다 했다니께. 따지고 보면 고것이 온전한 내 의지가 아니었다 이거지. (검지로 의태를 가리키며) 근디 자네는 사람을 계획적으루다가 죽이지 않았던가. 내는 형량이 줄어들지도 모르지만, 자네는 아주 극악무도한 살인이라 어떻게든 사형밖에 답이 없지 않나. 근디 그런 자네가 그리 경멸허는 눈으로 나를 보는 게 불쾌하기 짝이 없구마잉.

의태 (단호하게) 민족을 위한 대의조차 모르는 당신과는 더 이상 이야기하고 싶지 않군요.

어느 죄수 (콧방귀를 뀌며) 잉, 내도 사람을 고렇게 무시하는 인간이랑은 말을 섞고 싶지 않구마잉.

무대가 점점 어두워진다. 완전한 어둠 속에서 의태의
잠자리가 점점 밝아진다. 그는 침상 위에서 새우처럼
웅크린 채 허공을 바라보며 독백을 한다.

의태 나는 살인을 한 게 아니야… 나의 의병 활동이,
　　내 삶의 전부를 건 의병활동이 고작 살인으로
　　귀결돼서는 안 돼. 그렇게 돼서는 안 돼. 나는
　　의병이지 살인자가 아니야…

무대는 어두워지면서 동시에 안개가 점점 차오른다.
안개 속에서 침상은 빠르게 사라진다. 의태는 안개를
헤치고 맨발로 걸어 나온다. 그는 안개 건너편의
사내를 보고는 놀라 움직이질 못한다.

미리엘 신부 요셉아. 결국 살인을 저질렀구나.
의태 (다급한 목소리로) 신부님, 아닙니다. 그건 살인이
　　아니었습니다. 정의였습니다!
미리엘 신부 (경멸하는 눈빛으로) 전장을 누비고
　　다니더니 이제 살인을 아름답게 포장하는 법만
　　배웠구나.
의태 그들은 이토의 부하들이었고, 저는 군인으로서

그들을 처단한 것뿐이었습니다.

미리엘 신부 (고개를 천천히, 오랫동안 가로저으며) 세상 무엇으로도 살인을 정당화할 수는 없는 법이다. 너는 이제 죄를 지었으니 주님의 품에서 카인처럼 추방당할 것이다.

의태 (무릎을 꿇고 신부의 다리를 붙잡으며) 부디 저를 내쫓지 마십시오. 저는 주님의 품을 떠나기가 무섭습니다. 차라리 저를 혼내시고, 매질하시고, 돌팔매질을 하시고 십자가에 매달아 주십시오. 제발 저를 버리지 말아 주십시오. 제발….

미리엘 신부 가거라. 이제 너는 이곳에 있을 자격이 없다.

신부는 바닥에 떨어져 있던 올가미를 의태의 목에 채운다.
의태는 발버둥 쳐 보지만 질질 끌려 신부로부터 순식간에 멀어진다.
그는 안개 속으로 사라진다.

무대는 어둠 속에 잠기고, 그 사이 무대는 접견실로 바뀐다.

조명이 밝아지며 의태는 접견실에 홀로 앉아 있다.

료스케 정의태, 접견이다.
의태 접견이라니? 누구와의 접견이오?
료스케 직접 이야기를 나눠 보도록.

그의 등 뒤에서 한 여인이 나타나 의태를 잠시동안
응시한다.
그리고 천천히 걸음을 옮겨 의태 앞에 선다
그는 본능적으로 그녀가 누구일지 알아챈 것처럼 마른
침을 꿀꺽 삼키며 자리에서 반쯤 몸을 일으킨다.

나나코 그렇게 멍하니 서 있지 말고 앉으시죠.
의태 (천천히 자리에 앉으며) 누구십니까?
나나코 당신이 죽인 외무성의 대신 정무관, 오쿠보의
아내예요.
의태 (놀란 눈으로 말을 더듬으며) 아니… 어째서….
나나코 제 삶을 앗아간 자가 누군지 보고 싶었어요.
의태 (당황한 채 아무 말도 하지 못한다) ….
나나코 (차가운 얼굴로) 당신이 쏜 총알 세 방에 제
삶은 송두리째 무너졌어요. 아이들도 이제 아비

없는 자식이 되었죠.

의태 (고개를 푹 숙이며) 면목이 없습니다. 정중하게 사죄드리겠습니다.

나나코 사죄가 무슨 소용이 있겠어요. 사람은 이미 죽었는데.

의태 (조심스레 고개를 들며) 당신을 마주할 것이라고는 상상조차 하지 못했습니다⋯.

나나코 사실 당신을 마주하고 싶지도 않았습니다.

의태 그럼 왜 이곳에 오신 거죠?

나나코 접견을 요청한 건 당신이 천주교인이라는 이야기를 들어서였어요.

의태 천주교인이라서 접견을 요청했다니요?

나나코 저도 주님을 믿거든요.

의태 (가슴을 움켜쥐며) 숨을 쉬기가 힘들군요. 잠시만⋯ 잠시만 시간을 주십시오.

나나코 (간수를 바라보며) 여기 물 한 잔만 주시겠어요?

료스케가 주전자에서 물을 따라 가져다준다.

나나코 자, 여기.

의태 고맙습니다.

그는 천천히 물을 들이켜고 숨을 돌린다.

나나코 당신도 주님을 믿는다는 게 사실인가요?

의태 맞습니다. 저도 주님을 믿습니다.

나나코 주님을 믿으면서 어찌 그런 일을 저질렀던 건가요?

의태 (잠시 숨을 고르고 천천히 입을 뗀다) 부인께서 아실지 모르겠지만 대한제국은 일본에 유린을 당하고 있습니다. 한성은 일본군이 장악하고 있고, 황후 폐하는 일본 낭인들에게 무참하게 살해되었고, 황제 폐하는 폐위되었습니다. 일본이 그다음 하려는 건 무엇일까요. 이제 대한제국마저 집어 삼키려 들겠죠. 저는 그 불의를 막기 위해 고위관료인 당신의 남편을 죽일 수밖에 없었습니다. 어쩔 수 없었습니다. 저는 정의를 따른 것뿐입니다.

나나코 정의라… 정의를 운운하다니, 당신도 남편과 같은 사람이었군요.

의태 같다니요?

나나코 (담배를 깊게 빨곤 내뱉으며 창밖을 바라본다)
저는 남편이 조선으로 가는 것에 반대했습니다.

의태 (조심스레) 어째서였는지 여쭤봐도 되겠습니까?

나나코 저는 한 지역을, 한 나라를 지배한다는 게 무얼 의미하는지 알고 있어요. (다시 의태를 응시하며) 아실지 모르겠지만 일본은 근 백 년 동안 기나긴 내전을 치렀습니다. 지배 권력의 논리는 정의가 되어 그 권력에 해가 되는 것을 무참하게 짓밟았지요. 저는 남편이 조선으로 건너가 한다는 일이 어떤 일일지 알고 있었어요. 더욱이 조선은 말도 안 되게 약한 나라니 무참하게 짓밟히게 될 거라는 걸 알고 있었지요.

의태 (단호하게) 조선은 약하지 않습니다.

나나코 (미소 지으며) 제가 비록 여자지만, 세상 물정도 모를 만큼 바보는 아닙니다. 일본과 청나라는 전쟁을 조선에서 치르지 않았습니까. 자신의 집에 이웃이 들어와 치고받고 싸우도록 자리를 내주는 게 제대로 된 집은 아니지요.

의태 그건 텐진조약●으로….

나나코 됐어요. 아무튼 중요한 건 남편이 조선에서 무슨 일에 앞장설지 눈에 선했다는 겁니다. 그건 당신이 이미 말했었죠.

의태 그래요. 일본은 조선을 조금씩 약탈하고 집어삼키고 있죠.

나나코 남편도 정의를 운운하며 조선으로 갔어요. 많은 조선인들이 다치고, 죽고, 가족과 재산을 상실할 테지만 그것은 일본의 정의를 실현하기 위해서는 어쩔 수 없는 일이라고 했죠.

그녀는 담뱃재를 재떨이에 톡톡 떨어낸다.

나나코 남자들이 말하는 정의란 참 무서워요. 그죠? 일본은 조선을 지배하기 시작했고, 당신은 방아쇠를 당겨 나의 남편을 죽였잖아요.

의태 맞습니다. 정의라는 건 사람을 괴물로 만들기도 하는 것이지요….

나나코 저는 남편이 죽은 것도, 당신을 이렇게 마주하고 있는 것도 그저 시대의 비극이라

- 텐진조약은 1885년 일본과 청나라가 텐진에서 맺은 조약이다. 이 조약의 골자는 조선에 대한 일본과 청나라의 군사적인 협의였으며, 조약이 3개조에 지나지 않고 애매한 부분이 많아 결국 10년 후 청일 전쟁의 도화선이 되었다.

생각해요. 이제 수많은 저와, 당신이 생겨날
겁니다.
의태 (어떤 말을 꺼내려다 말고) 당신은 원수와도 같은
제게 이런 이성적인 이야기만 나누기 위해 온
건가요?
나나코 아니요.

그녀는 남은 담배를 재떨이에 살포시 눌러 끈다.

나나코 사실 제가 당신을 만나고 싶었던 건 천주교
신자로서입니다.
의태 신자로서라니요?
나나코 저는 당신의 죄를 덜어 줄 수 있어요.
의태 덜어 줄 수 있다니요?
나나코 당신이 정의를 버린다면, 저는 그렇게 할 수
있습니다.
의태 그게 무슨 소리지요?
나나코 당신이 저지른 게 정의가 아니었다는 걸,
그저 살인이었다는 걸 시인하는 거지요. 당신도
정의라는 게 얼마나 무서운 건지 알고 있잖아요.
살인과 약탈, 방화, 강간 그 모든 세상의 악을

정당화하는 게 바로 정의입니다. 정의에 숨어
살인을 정당화하지 마세요. 천주교 신자답게
당신이 살인이라는 대죄를 저질렀다는 걸
인정하세요. 저는 정의라는 괴물로부터 당신을
구원하고 싶어요.

의태 당신은 나를 구원할 수 없습니다….

나나코 걱정마세요. 검찰관도 약속했어요. 당신이
정치범이 아니라 단순 살인범이 되면 감형을 해
주겠다고요.

의태 (갑자기 흐느끼며) 아니요. 저는 주님께 용서받을
수 없습니다….

의태는 고개를 숙이고 입술을 깨문 채 울기 시작한다.
그녀는 장갑을 벗더니 손을 뻗어 의태의 손을 잡는다.

나나코 난 일본에서 명망 있는 가문의 딸입니다.
여기까지 오게 된 것만 봐도 짐작이 가시겠죠.
저는 이 일에 당신이 생각한 것보다 강한 입김을
내뿜을 수 있어요.

의태 너무나 미안하고, 또 미안합니다… (그녀의 손을
뿌리치며) 하지만 당신은 저를 구원할 수 없습니다.

저는 정의를 끝까지 짊어져야 합니다. 저는 죽을
때까지 대한제국의 의병이어야만 합니다. 당신의
남편이 외무성의 대신 정무관으로 죽은 것처럼
말이죠.

나나코 어째서 남자들은 정의라는 것을 버리지
못하는 거죠? 왜 정의에 목숨을 거는 거죠? 자신이
괴물이 되면서까지….

의태 제가 죽어야… 비로소 정의는 아름다워지고
조선은 멋진 자주국가가 될 수 있습니다.

나나코 그래요. 나는 당신이 원망스럽지만, 그래도
당신의 진심 어린 눈물을 봤으니 그걸로 됐습니다.

그녀는 장갑을 끼고 핸드백을 챙겨 천천히 일어선다.
또각또각 구두 소리와 함께 문을 나서다가 뒤돌아서서
의태를 바라본다.

나나코 당신을 위해서도 기도할게요. 이건
진심입니다.

의태 저 같은 놈을 위해 기도도 하지 말아 주십시오.
저는 당신의 구원도, 주님의 구원도 받을 자격이
없습니다.

그녀는 한참동안 의태를 응시하다 천천히 뒤돌아 문을 나선다.
멀어져 가는 구두 소리 속에서 의태는 가만히 문을 바라본다.

제5막

무대 중앙에 스포트라이트가 서서히 켜지며 취조실이
모습을 드러낸다.
홀로 앉아 있던 의태는 문이 열리자 시선을 돌린다.
서류 가방을 든 사내가 성큼성큼 걸음을 옮겨
의태에게 다가온다.

사쿠타로 (악수를 청하며) 자, 반갑네. 나는 이 사건을
맡은 검찰관 사쿠타로라고 하네.
의태 (미동도 없이) 나는 계속해서 러시아의 수사를
받고 싶소.
사쿠타로 (허공에 있던 손을 거두며) 음, 그렇게는 안
되지.

의태 러시아의 영토*에서 저지른 사건인데 그건 당연한 이치지 않소?

사쿠타로 그건 불가능해. 러시아가 사건의 중대함을 깨닫고 우리 측에 사건을 이관했거든. 자넨 일본 영사관 앞에서 일본 고위 관료 둘을 죽였어.

의태 러시아의 수사를 받지 못한다면, 내 조선인이니 대한제국의 수사를 받아야 마땅하다고 생각하오.

사쿠타로 미안한데 대한제국의 외교권은 현재 일본에 있네. 자네는 지금 러시아의 영토에서 범죄를 저질렀어. 즉 자네에 대한 권한은 일본에 있다는 거지.

의태 대한제국의 외교권을 앗아간 을사년의 간악한 조약을 불법으로 저질러 놓고 어찌 그렇게 당당하게 말할 수 있소!

사쿠타로 이보게 정의태, 흥분하지 말게. 한일협상조약**은 합법적으로 진행된 조약이네.

의태 황제 폐하께서도 승인한 적 없는 조약이 어찌

---

* 하얼빈은 1896년 청·러 비밀협정에 의해 러시아가 철도 부설권을 얻으면서 건설한 신도시이다. 하얼빈은 공식적으로는 청나라 영토 내에 있었지만, 러시아가 조차(租借)하고 있었기에 국제법상 러시아의 영토였다. 극의 배경이 되는 1907년 당시에 하얼빈은 영국, 프랑스, 일본 등 20여 개국의 영사관이 들어선 국제도시였다.

합법적 조약이라 할 수 있소!

사쿠타로 (눈살을 찌푸리며) 잠깐. 이야기가 자꾸 새는데 지금 자네 주제를 파악하게. 자네는 일개 살인범으로 지금 수사를 받고 있는 거야.

의태 (의연한 태도로) 아니. 중요한 건 을사조약이 불법이고 따라서 무효이기에 일본은 나를 수사할 권리가 없다는 것이오.

사쿠타로 한일협상조약은 이미 영국과 미국도 승인한 바 있는 합법적 조약이니 그것의 유효성에 대해 언급하는 건 우리의 권한을 한참이나 벗어나 있어. (화제를 전환하기 위해 손뼉을 한 번 치며) 자, 자네가 지금 검찰관인 내 앞에 앉아 있는 이유는 아주 간단해. 두 명의 일본인 고위 관료를 죽였기 때문이지. 자, 우리 다시 원점으로 돌아가 이야기해 보세. 자네는 왜 그들을 죽였지?

의태 그들이 대한제국의 강탈에 앞장선 일본 외무성과 통감부의 고위 관료이기 때문이오.

사쿠타로 하지만 자네는 대신 정무관의 아내를 접견할 때까지 그들의 이름조차 알지 못했어.

●● 한일협상조약은 1905년에 일본이 한국의 외교권을 박탈하기 위해 강제로 체결한 조약인 을사조약의 원명이다.

의태 그건 간단한 이치이지 않소. 전장에서 적군의 이름을 알고 총을 쏜다는 게 있을 수 있는 일이라 생각하오?

사쿠타로 재미있는 논리군. 그렇다면 그날 사건이 교전이라도 된다는 말인가?

의태 이미 조선과 일본은 전쟁을 시작한 지 오래이지 않소.

사쿠타로 (코웃음을 치며) 전쟁이라니 무슨 소리지? 언제 일본과 조선이 교전이라도 벌인 적이 있었나? 조선은 그저 우리 일본의 보호 아래에 있을 뿐이지.

의태 (결박된 손으로 책상을 내리치며) 일본군은 동학군을 학살한 이래 끊임없이 조선을 위협해 왔소. 을사조약 역시 덕수궁을 무장병력으로 포위하고 무력으로 협박하다시피 강행했던 일 아니었소!

사쿠타로 (큭큭거리며 비웃더니) 동학군 토벌은 조선이 요청한 거였고, 한양에 주둔한 일본군은 조정을 보호하고자 있었던 것뿐인데, 자넨 뭐든지 비약해서 바라보는 측면이 있군.

의태 당신이 일본의 만행을 아름답게 포장해서

바라보고 있을 뿐이오!

사쿠타로 (자신의 관자놀이를 툭툭치며) 아니, 현실을 이성적으로 바라볼 뿐이지. 자네 사건도 교전이 아니라 그저 살인이고 말야. 그들은 군인도 아니었고 외무성과 통감부의 행정 관료일 뿐이었어.

의태 외무성도 통감부도 일본의 군대와 다름없지 않소. 그들은 일본군과 함께 조선의 대지와, 조선의 백성과, 대한제국의 황조를 능멸했소! 나는 마땅히 일본과 맞서 싸운 것뿐이고, 지금은 포로로 잡혀 온 것뿐이외다!

사쿠타로 포로라니, 그게 무슨 말이지?

의태 나는 독립의군의 중장이오. 그들은 그저 교전 중에 죽은 것이고, 나는 전쟁 포로로 잡힌 것뿐이외다. 그러니 일본은 나를 국제법상 포로로 대우해야 마땅한 거요!

사쿠타로 하하. (크게 웃음을 터뜨리며) 그래, 독립의군. 내 보고를 통해 익히 들었지. 하지만 조사하는 내내 웃음을 참을 수 없었네. 이봐, 정의태. 그 독립의군이란 것은 한낱 무뢰배에 지나지 않아. (테이블에 걸터앉아 의태를 내려다보며) 너희 그

독립의군이란 거는 무엇을 위해 싸우지?

의태 대한제국과 조선의 백성을 위해 싸우고 있소!

사쿠타로 그래. 자네가 좋아하는 국제법의 관점에서 보자면 자네가 소속된 군대는 정상적인 교전단체가 아니야. 대한제국의 군대는 이미 2년 전에 해산됐고, 국방은 일본 제국이 담당하고 있지. 말해 보게. 독립의군은 도대체 어디 소속인가? 정확한 직책과 직급은 있나? 보급은 어떻게 하지? 주둔지는 있나? 총은 있나? 군복이 있기나 한가? 왜, 대답을 못 하지? 그러니까 독립의군은 국제사회에서조차 교전단체로 인정받을 수 없는 거야. 산적 무리나 다름없는 거지.

의태 깨어 있는 민중들이 힘을 합쳐 군대를 결성한 건, 일본이 조선을 좀먹고 매국노들이 나라를 팔아먹었기 때문이오! 군대 해산도, 을사년의 조약도 무효라는 말이외다! 모든 것이 더러운 제국주의의 횡포에 불과했소! 우리는 그것을 바로잡으려는 것뿐이오!

의태는 그를 매섭게 노려보며 씩씩거린다.

사쿠타로 정의태, 잘 알아 둬. 과정은 중요하지 않아. 결과가 중요할 뿐이지. 자네 조국이 이미 서명을 한 조약이야. 모두 합법적인 절차였다고.

의태 언젠가 우리 의병이 이 모든 불의를 바로잡을 거요. 무력으로 나오는 일본에 무력으로 대응할 수 있는 건 우리밖에 없으니!

사쿠타로 이봐. 이 시국에 바로 잡을 건 없어. 모든 게 올바르게 되어 있으니까. 그래, 그건 그렇고 자네 독립의군이나 이야기해 보자고. 독립의군은 병력이 어느 정도나 되지? 삼십 명은 되나? 하하, 그게 군대라고? 교전 수칙은 지키나? 전쟁법은? 군자금은 뭘로 대지? 참 우습구먼. 하하. 당신네 무뢰배는 무엇을 위해 싸우는 거지? 고작 폭력과 살인 아닌가?

의태 독립의군은 대한제국을 일본의 압제에서 해방시키기 위해 싸우고 있소! 다시 한번 말하지만 나는 독립의군의 중장이고, 지금은 교전 중에 포로로 잡혀 온 것뿐이외다! 그러니 그 잘난 일본은 선진국답게 이제 나를 국제법상 포로로 대우해야 마땅하지 않겠소?

사쿠타로 나는 똑같은 말 하는 건 질색이네. 자네랑

이야기하면 끝이 나지 않을 것 같네. (몸을 일으키며) 오늘은 여기까지 하도록 하자고.

의태 나도 더 이상 이야기를 나누고 싶지 않소.

사쿠타로 이봐, 의태. 내 예언 하나 해 주지. 앞으로 자네에게 살인자라는 씻을 수 없는 낙인이 찍힐 거야. 왜냐고? 내가 자네 이마에 낙인을 찍을 거거든. 자네가 그토록 좋아하는 국제법의 이름으로 찍어 주지. 자네의 말로는 딱 하나뿐이야. 살, 인, 자(손가락으로 의태의 이마를 가리키며 한 글자씩 강조해 말한다). 그럼 다음에 또 보도록 하세.

그는 콧노래를 부르며 취조실을 나간다.

의태 법정에서조차 일본에 질 수 없어. 나는 여기에서도 의병으로 끝까지 싸워야 해⋯.

조명은 서서히 어두워지고, 무대는 빠르게 전환된다.
잠시 후 스포트라이트 속에서 싱그러운 빛으로 가득한 창가가 드러난다.
창밖을 바라보던 젊은 사내는 등 뒤에서 문이 열리자

빠른 걸음으로 손님을 맞이한다.

그들은 소파에 앉고 비서는 차를 내온다.

사쿠타로 부도독副都督님, 먼 길 오시느라 수고
많으셨습니다.

곤페이 (신경질적으로 정복의 먼지를 털어 내며) 정의태.
그놈 참 성가신 놈이구먼.

사쿠타로 이제 내각에서도 이 사건을 어떻게
처리하는지 지켜볼 겁니다.

곤페이 알고 있네. 이건 이제 그냥 재판이 아니라 쇼가
되고 말았어. 참, 이거 읽어 보게. (정복에서 작은
봉투를 꺼내며)

사쿠타로 이게 무엇입니까?

곤페이 일본에서 온 전보네.

사쿠타로 오쿠보의 가문에서 온 거군요.

그는 천천히 봉투에서 서류를 꺼내 읽는다.

곤페이는 천천히 차를 마신다.

곤페이 (사쿠타로를 여유롭게 바라보며) 내용은
완곡하나 핵심은 간단하지.

사쿠타로 정말 골자는 명료하군요.

곤페이 그래. 정의태 그 자를 〈극형에 처해야 한다〉는 거지.

사쿠타로 (고개를 끄덕이며) 물론 그렇게 진행해야지요. 중요한 건 사법부가 어떻게 나올지가 관건입니다. 아시다시피 이제 사법부는 그놈의 삼권분립을 제대로 실현하는 추세이니까요.

곤페이 (혀를 끌끌 차며)그놈의 법관 나으리들이란. 도대체 일본제국의 미래를 생각하기는 하는 건지….

사쿠타로 이번 사건은 최악의 경우 식민지배의 문제점들이 불거지는 도화선이 될 수도 있습니다. 그리고 정의태가 조선인들에게 순교자나 영웅 따위로 추앙될 가능성도 농후하죠.

곤페이 (심각한 얼굴로) 명심하게. 제국은 오직 최선으로만 가야 해.

사쿠타로 그래서 저도 이런저런 경우의 수를 생각해 보고 있습니다.

곤페이 어떤 경우의 수인가?

사쿠타로 가장 최선은 이 사건을 정치적 사건으로 포장하지 않는 것입니다.

곤페이 그게 무슨 소리인가?

사쿠타로 단순 테러로 포장을 하는 것입니다.

곤페이 단순 테러?

사쿠타로 그렇습니다. 정의태를 정신이상자로 판정지어서 사건의 정치적인 색깔을 완전히 배제시키는 것이지요.

곤페이 음, 그거 좋은 방법이구먼그래. 하지만 어떻게 정의태를 정신이상자로 낙인찍을 수 있겠는가? 알다시피 세간의 이목이 집중되어 있어 늘 하던 식으로 할 수는 없을 걸세(허리에 찬 칼을 만지작거린다).

사쿠타로 그렇습니다. 그래서 이를 위해 정의태를 회유해 볼 생각입니다.

곤페이 어떤 식으로 말인가?

사쿠타로 우선 그에게 최대한의 편의를 봐주고 있습니다. 그가 수감되는 곳을 제일 괜찮은 독방으로 바꿔 주기까지 했죠. 그리고 원하는 것을 다 들어주고 있습니다. 근 십 년간 황야와 산속을 떠돌던 야수 같은 놈이니 따뜻하게 먹이고 재우고 돌보다 보면 조금씩 순해질 겁니다.

곤페이 그 족속들은 족쳐야 말을 듣긴 하는데(아쉬운 듯 입맛을 다시며). 하긴 정의태 같은 놈들은 조져봐야 더 독해지기만 하지. 그런데 그놈이 등 따습고 배부르다고 잘 구슬릴 수 있는 놈인가?
사쿠타로 그렇게 보이지는 않습니다.
곤페이 흠….

곤페이는 몸을 일으키더니 창가로 향해 하늘을 바라보며 깊은 한숨을 쉰다. 사쿠타로도 따라 일어나 그의 곁에 나란히 선다.

사쿠타로 (옅은 미소와 함께 자신감을 내비치며) 그래서 그의 어머니와 신부를 이용할 생각입니다.
곤페이 어머니와 신부?
사쿠타로 정의태의 어머니는 일찍이 남편을 여의고 이제 홀아들마저 잃을 처지입니다. 늙은 여자가 이제 기댈 곳이 어디 있겠습니까. 아들뿐이겠지요. 그래서 그녀를 데려와서 회유를 시킬 생각입니다.
곤페이 마음을 약하게 만들자 이거군그래.
사쿠타로 맞습니다. 홀어머니가 노후에 편히 보낼 수 있게 금전적 지원을 해 줄테니 우리가 원하는

길로 가자고 제안을 해 볼 생각입니다. 정신
감정도 받게 해 심신미약인 상태로 이번 일을
저질렀다는 진단을 내려 버리는 겁니다.

곤페이 그래, 그림이 그려지는구먼. (흡족한 미소와
함께 콧수염을 매만진다) 그런데 신부는 어떻게
이용하려 하지?

사쿠타로 (미소와 함께) 부도독님은 정의태 독방
창가에 무엇이 있는지 아십니까?

곤페이 그게 뭔가?

사쿠타로 (입꼬리를 올리며) 바로 십자가입니다.

곤페이 정의태 그놈이 천주교인이었단 말인가···.

사쿠타로 그렇습니다. 그것도 감방에서 필요한
게 뭐냐고 했을 때 가장 먼저 찾은 게 바로
십자가였습니다.

곤페이 그래서 신부로 뭔가를 해 보자는 건가?

사쿠타로 (자신감에 차서) 그렇습니다. 조사해 보니
정의태는 사제의 서품도 받고 신앙의 길을 가려고
하기도 했습니다. 신부를 통해 죄의식을 부추겨
죄를 시인하기를 종용하고 죽기 전, 그러니까
사형 직전 모든 죄를 용서받는다는 종부성사를
약속한다면 그의 마음을 움직일 수 있을 겁니다.

그의 존재는 믿음과 신앙이 큰 기둥이니까요.

(허공에 있는 두 기둥을 잡고 흔들듯 시늉을 하며)

기둥을 뒤흔들어 버리는 것이지요.

곤페이 (미소와 함께 입맛을 다시며) 나는 자네의 그 날카로운 면들이 마음에 든단 말이야.

사쿠타로 과찬이십니다. 부도독님께 누가 되지 않도록 잘 처리해 보겠습니다.

곤페이 (흡족한 얼굴로 고개를 끄덕이며) 명심하게. 정의태가 성가신 놈을 죽였어. 죽은 오쿠보의 핏줄이 우리 발목을 꽉 잡고 있어. 이번 일에 책 잡히지 않으려면 정의태는 반드시 사형당해야 해. 사형 판결과 형의 집행이라는 포장지 속에 오쿠보의 복수를 담아내야 우리의 체면이 선다고. 무슨 말인지 알겠지?

사쿠타로 네, 실망시켜 드리지 않겠습니다.

곤페이 그리고 그렇게 돼야 천황 폐하께도, 내각에도, 신민들에게도 좋은 그림으로 비칠 걸세. 그리고 이 위기가 자네나 나는 물론 일본 제국의 새로운 기회가 되는 거지.

사쿠타로 믿고 맡겨만 주십시오.

곤페이 그래, 내 자네와 함께라면 더 큰일도 도모할 수 있을 것 같아 든든하구먼. 자, 한잔하세.

그들은 비서가 내온 양주를 유리잔에 따라 건배를 한다.
웃음소리와 함께 무대는 어두워진다.

제6막

면회실로 낡은 서류 가방을 든 사내가 들어온다.
의태는 아무 말 없이 그의 인상착의를 살펴본다.

다이스케 (미소와 함께) 안녕하십니까.

의태 얘기는 들었습니다. 당신이 제 변호를 맡게 됐다는 변호사이신가요?

다이스케 네 맞습니다. 다이스케라고 합니다. (자리에 앉으며)

의태 이것 참 실망이군요.

다이스케 뭐가 말이죠?

의태 러시아 변호사가 선임되었는데, 갑자기 선임을 불허하고 이렇게 일본 관선 변호사인 당신이 오니 말입니다.

다이스케 재판장님의 결정이었으니 어쩔 수 없지요.

의태 저는 사실 처음에 일본이 외국인 변호사가 제 변호를 맡는 걸 수락해서 많이 놀랐습니다.

다이스케 (미소와 함께 서류를 정리하며) 법치주의 국가에서 이는 당연한 일이지요.

의태 (약간의 미소를 띠며) 그래서 일본을 다시 보게 되는 계기가 되었습니다. 타국의 변호사를 자신들의 법정에 세우다니, 사실 이를 통해 일본 문명의 수준을 가늠할 수 있었습니다. 이제 일본은 세계 일등 국가나 다름 없다는 걸 느꼈지요.

다이스케 하하. 그러셨군요.

의태 (단호하게 정색하며) 물론 지금은 아닙니다. 변호사 선임을 불허하기 전까지는 그랬죠. 일본의 국선 변호사인 당신이 변호를 맡을 거라는 이야기를 듣고는 일본은 그저 내가 알고 있는 나라에 지나지 않구나, 다시 생각을 고치게 되었습니다.

다이스케 그렇게까지 말씀하시니 부끄럽습니다만, 저를 일본인이 아닌 그저 법률 혜택을 제공하는 변호인으로 여겨 주시면 감사하겠습니다.

의태가 의아한 눈으로 그를 바라본다.

그는 여유 있는 미소로 응수하며 펜에 잉크를 채운다.

다이스케 아시다시피 이번 사건은 세간이 주목하는 재판이 될 것이기에, 그 어느때보다도 더 변호사로서의 소명 의식을 갖고 당신을 변호하려고 합니다.

의태 (당당하게) 그럼 저의 무죄를 입증해 주실 수 있겠습니까?

다이스케 (놀라 안경을 고쳐 쓰며)무죄요? 당신의 총탄에 이미 두 명이 죽었습니다. 그 사실을 부인하는 건가요?

의태 그렇지 않습니다. 다만 저는 독립의군의 중장으로서 전쟁에 임한 것일 뿐입니다.

다이스케 저는 당신이 꽤나 이성적이고 논리적인 사람이라 생각했는데 아니군요. 우선 당신이 말하는 독립의군은 정당한 교전단체로 인정받을 명분이 하나도 없습니다. 그리고 당신이 총을 쏜 곳은 하얼빈으로 러시아의 영토예요. 게다가 외교적으로 문제가 불거질 수도 있는 일본의 영사관 앞이었죠. 전장이라고는 할 수 없는,

오히려 민간인들이 붐볐던 곳이었죠. 결코 교전
중이었다고 할 수 있는 증거가 하나도 없습니다.
심지어 죽은 이들은 군인도 아니었습니다.

의태 당신도 검찰관과 같은 논지군요.

다이스케 개인적으로 말씀드리죠. 저는 당신의 그
의연함이 좋습니다. 이번 사건에 품고 있는 당신의
마음도 충분히 이해가 갑니다.

의태 (고개를 가로저으며) 아니요. 일본인인 당신은
저를 결코 이해할 수 없습니다.

다이스케 그렇지 않습니다.

의태 그렇지 않다면 당신이 조선인이라도 됩니까?

다이스케 저는 아이즈번● 출신입니다. 혹시

● 아이즈번(会津藩)은 에도 시대에 무사조직 신센구미(新選組)를 휘
하에 두고 당시 수도였던 교토의 치안유지를 담당할 정도로 영향
력을 떨쳤던 번이었다. 하지만 보신전쟁(1868~1869)에서 신정부
군에게 패해 온갖 수모를 겪게 된다. 아이즈번의 인구 대부분은
혼슈(本州)섬의 최북단인 오늘날의 무쓰시로 강제이주 되었으며
(4,332가구 17,327명), 아이즈번에 잔류한 이들은 모두 평민으로 강
등되었다. 이렇게 아이즈번의 역사는 막을 내리며 메이지 정부의 직
할지로 흡수되었으며, 이후 1876년에는 후쿠시마현에 합병되었다.
참고로 2018년 일본에서는 메이지유신 150주년을 기리는 행사가
있었는데, 아이즈시의 주민들은 메이지 신군부의 잔혹한 학살을
잊지 않겠다며 행사에 참여도 하지 않고 기념하지도 않았다.

아이즈번을 아시나요?

의태 아이즈번은 처음 들어 봅니다.

다이스케 아이즈번은 본래 일본의 에도 막부 시대에 독자적인 세력을 갖고 있던 번이었습니다 천황이 있는 교토의 치안 유지를 담당할 정도로 군사적으로도 강대한 번이었죠. 하지만 막부의 폐지와 존왕양이•를 외치는 삿초동맹•• 세력과의 전쟁이었던 보신전쟁•••으로 그 화려했던 역사를 끝내게 됐습니다. 완전히 몰락의 길로 갔죠. 그 때문에 조부와 부친은 일본제국에 마치 식민 지배를 당하는 것처럼 말씀하곤 하셨죠. 실제로 아이즈번 출신의 낭인들은 메이지 정부에

- • 존왕양이(尊王攘夷)는 일본에서 천황을 받들고 외세를 배격하자며 사용되었던 표어이다. 에도막부 말기에 사쓰마번과 조슈번을 중심으로 한 삿초동맹의 기치였으며, 이후 메이지 유신을 이끄는 기본적 사상으로 자리 잡는다.
- •• 삿초동맹(薩長同盟)은 에도 시대 말기인 1866년 3월 7일, 존왕양이를 기치로 사쓰마번과 조슈번이 맺은 정치 군사 동맹을 가리킨다.
- ••• 보신전쟁(戊辰戰爭)은 1868년부터 1869년 사이에 쇼군을 중심으로 한 에도막부 세력과 메이지 천황을 중심으로 한 메이지 정부군과 벌어진 대규모 내전이다. 메이지 정부가 승리해 근대적 개혁인 메이지 유신을 이끌었으며, 오늘날 일본의 기틀을 마련하게 되었다.

반기를 든 적이 여러 번 있었답니다. 아마 당신도 같은 마음이었겠지요.

의태 당신의 입장은 어떤가요? 조부나 부친과 같은 마음인가요?

다이스케 저는 제 자신의 소속감을 아이즈번이 아니라 일본제국으로 생각하고 있습니다. 다만 제 핏줄들이 그러하듯 제국에 반발심을 가진 이들을 이해하고 있을 뿐이죠.

의태 공감이 아니라 이해군요.

다이스케 네, 그래서 당신이 벌인 일과 유사한 사건이 발생하면 여전히 저는 그저 법리적으로만 바라볼 수밖에 없습니다. 이해는 하지만 공감은 할 수 없는 거죠.

의태 공감은 할 수 없다, 그건 제게 해당되는 말이기도 하겠군요.

다이스케 맞습니다. 가령 아이즈번 출신들이 제국에 반기를 들고 정부의 요인들을 암살하는 건 명백한 범법 행위일 수밖에 없습니다. 사건에 정치적 색채가 있다 한들, 법적으로 살펴보자면 그 본질은 평범한 살인 사건과 다를 바 없지요. 정의가 결코 살인을 정당화해서는 안 됩니다.

의태 하지만 지금의 경우는 다르지요. 일본은 파렴치하게 불법적으로 조선을 짓밟고 국토를 빼앗았습니다. 병자년의 강화도 조약부터가 이미 불의의 시작이었죠. 저는 불의에 정의로 대응한 것뿐입니다!

다이스케 자자, 정의태 씨. 저는 보편의 논리로 움직이는 역사적인 판례를 살펴보자는 것이지, 자꾸 과거로 소급해 무엇이 정의인지 따져 보자는 게 아닙니다. 시대에 따라 정의는 바뀝니다.

의태 (날카로운 태도로) 도대체 어떻게, 무엇이 바뀌었죠?

다이스케 간단합니다. 세상의 질서를 만드는 쪽이 정의가 되는 거죠.

의태 정의란 불변의 진리입니다. 인륜과 천륜처럼 정의는 변하지 않습니다.

다이스케 그 인륜과 천륜을 정의하는 게 바로 힘입니다. 승자의 역사가 곧 정의의 역사였죠.

의태 그렇다면 더욱이 일본은 정의일 수 없는 겁니다.

다이스케 왜죠?

의태 일본은 끝끝내 승리할 수 없을 것이기 때문이죠. 우리는 조선을 지켜 낼 겁니다.

다이스케 그래요. 그때가 오면 좋겠군요. (가볍게
미소지으며) 저도 본국에서 지내고 싶거든요.

그가 여유롭게 미소짓자 의태는 잠시 당황한다.

다이스케 자, 본론으로 돌아와 보죠. 우선 당신은 이
현실을 잘 인식해야 합니다.
의태 그건 누구보다 잘 알고 있지요.
다이스케 그렇다면 당신은 이미 이 사건 전부터 만일
이런 일이 발생하면 어디에서 재판을 받을지 알고
있지 않았나요?
의태 그렇습니다. 하지만 저는 전쟁 포로의 신분으로
당당하게 재판을 받을 거라 생각했습니다.
다이스케 (한숨을 쉬며) 이보세요. 저는 검찰관이
아닙니다. 당신의 변호사예요. 그리고 제국의
신민이기 이전에 법정의 변호사입니다. 저는 그저
당신을 변호하기 위해 온 것이라고요. 당신을
법정에서 제대로 변호하려면 허울조차 찾을 수
없는 그 의병이라는 껍데기에서 당신을 벗겨 내야
합니다. 당신은 정확한 현실부터 인식해야 합니다.
의태 그러면 당신이 말하고자 하는 현실은

무엇입니까?

다이스케 이번 사건의 대전제는 당신이 일본인
두 명을 살해했다는 겁니다. 그리고 현장에서
체포됐죠. 사건은 이로부터 시작해야 합니다.
이 사건의 출발점은 당신이 말하는 그
병자년(1876년)이나 을사년(1905년)이 아니라
당신이 방아쇠를 당긴 그 순간부터 시작하는
겁니다.

의태 그렇다면 당신은 대체 나를 어떻게
변호하겠다는 겁니까?

다이스케 무작정 무죄라고 주장하는 건 전혀 말이
되질 않습니다. 이 사건은 세간이 주목하고 있는데
이러한 당신의 주장은 오히려 설득력이 없습니다.

의태가 무언가 말하려고 하자, 그는 부드러운
손짓으로 제지하고 말을 잇는다.

다이스케 우선 가장 가까운 판례로, 3년 전 일본에서
천황을 암살하려고 했던 한 청년이 있었지요.
물론 미수에 그쳤지만 사형에 처해졌습니다. 그가
제국을 와해시킬 수 있는 정치범으로 여겨진

까닭이었지요. 당신도 자꾸 의병을 운운하면 앞선
판례를 따라 극형을 받을 가능성이 농후합니다.

의태 당신이 보기에 이번 사건의 재판은 어떻게
진행될 것 같습니까?

다이스케 물론 최악의 경우가 사형이지요. 다만
저는 그 경우를 만들지 않기 위해 당신을 변호할
겁니다. 무죄가 아니라 감형이 목적이지요.

의태 제게 감형은 아무 의미가 없습니다. 제가 원하는
건 무죄뿐이지요.

다이스케 (한숨을 내쉬며)당신이 살인을 저질렀다는
사실은 변함이 없습니다. 제 말이 무슨 말인지
이해하시겠죠?

의태 (못마땅하다는 듯)공감은 못 하지만요.

다이스케 자, 그래도 당신을 변호할 방법이 있습니다.

의태 그게 무엇이죠?

다이스케 (서류를 들춰보며) 제가 찾아보니 대한제국의
법에는 살인에 대한 명확한 조항이 제정되어
있지 않습니다. 즉, 당신이 정체성을 갖고 있는
대한제국에서는 살인에 대한 이렇다 할 법이 없어
당신이 이러한 행위를 저질렀다 주장하는 거죠.

의태 우리 대한제국의 법률을 무시하는 거요? 우리도

살인에 대해서는 늘 극형에 처했습니다!

다이스케 자자, 관습법과 명시된 법은 명확하게
다르지요. 관습법은 현대적이지 못합니다.
오늘날의 법이라는 것은 법전에 따른 조항과
판례를 기준으로 이성적인 법리해석을 하지요.

그는 의태가 눈을 부릅뜨며 무언가 말하려고 하자
손사래를 친다.

다이스케 저는 무시하는 게 아니라 이 점을 이용하여
당신을 변호하자는 것뿐입니다.

의태 그런 변론이라면 감형은 제게 큰 의미가
없습니다. 저는 끝까지 의병의 정체성을 버리지
않을 겁니다.

다이스케 (체념한 듯) 그래요… 물론 다른 대안도
있습니다.

의태 대안이라니요?

다이스케 바로 조선인이 일본의 심판을 받을 땐
형법 제199조에 의거 3년 이상의 구형을 한다는
것이죠. 당신의 살인죄에 대한 심판은 사형 혹은
무기징역이 아닐 법리적인 해석이 충분히 가능한

것이죠.

의태 감형은 제가 의병이자 포로로 심판을 받았을 때에 의미가 있을 뿐입니다.

다이스케 그래요… 무슨 말인지 알겠습니다. (이마를 감싸 쥐며) 일단 오늘은 여기까지 하죠.

의태는 자리에서 일어나 간수에게 이끌려 나간다.
그들의 걸음과 반대 방향으로 무대 배경이 빠르게 전환된다.
그들이 도착한 곳은 의태의 독방이다.

료스케 (의태의 포박을 풀어 주고는) 들어가시오.

의태는 수갑에서 벗어나 천천히 독방으로 들어간다.

료스케 (문을 닫으려다 말고) 당신을 볼 때면 내가 참 화가 나오.

의태 (말없이 고개를 들어 료스케를 바라본다)

료스케 내 간수 생활을 20년이나 했지만, 당신처럼 중죄를 저지른 사람을 본 적이 없소.

의태 일본인인 당신이 어떤 기분일지 압니다.

료스케 (단호하게) 아니, 당신은 모를 거요.

의태 입장 바꿔 생각하면 왜 모르겠습니까. 을미乙未년●의 참사를 접한 저의 마음과 다르지 않겠지요. 저도 우리의 국모를 살해한 당신네 무리들을 마주했다면 그들을 때려죽여도 마음이 시원찮았을 겁니다.

료스케 (미간을 찌푸리며) 그건 술취한 낭인들이 벌인 일이고, 일본과는 전혀 상관없는 일이오.

의태 그렇다고 거짓 호외가 잔뜩 나돌았죠. (쓴 웃음과 함께) 어찌되었든 저를 미워하고 증오하는 마음 이해합니다. 그럼에도 예를 갖추고 대해 주셔서 늘 감사하게 생각하고요.

료스케 (잠시 생각에 잠기더니) 나는 당신을 증오하고 있소.

의태 그건 제 몫이니 증오하고 원망하십시오.

료스케 (잠시 망설이더니) 당신이 죽인 사이고는 나의 숙부요.

의태 (마른 침을 꿀꺽 삼키고 뒷걸음질 치며) 어떻게 그런….

● 정의태가 말하는 을미년은 1895년 10월 8일 일본 낭인들에 의해 명성황후가 살해된 사건을 의미하고 있다.

료스케 그럼에도 내 화가 나는 건 당신을 증오하면서도 예를 갖출 수밖에 없기 때문이오. 당장에라도 당신을 두들겨 패고 싶지만….

의태 (조용히 무릎을 꿇으며)부디 마음이 이끌리는 대로 하시지요.

료스케 아니, 나는 그렇게 할 수 없소.

의태 상부의 명령 때문입니까? (천천히 그를 바라보며) 이야기는 익히 들었습니다. 세간에서 이 사건을 주시하고 있어 익히 당신들이 그랬던 것처럼 저를 처참하게 고문하고 취조할 수 없다는 사실을 말입니다.

료스케 (코웃음을 치며) 그건 상부의 명령이야 어기면 그만이오. 당신을 지금이라도 쳐죽이고 자살로 위장할 수도 있소. (깊은 한숨을 내쉬며) 하지만 나는 당신을 직접 담당하겠다고 자청했소.

의태 어떤 특별한 연유라도 있는 겁니까?

료스케 (천천히 그의 어깨를 잡고 일으켜세우며)당신이 나의 은인이기 때문이오.

의태 (놀란 눈으로) 은인이라니 무슨 말씀이십니까?

료스케 당신은 하나밖에 없는 내 어린 동생의 목숨을 구해 주었소. 이 무슨 운명의 장난인지. 숙부를 죽이고 동생을 구하다니….

의태 동생이라면 누구지요? 저는 나서서 누구의 목숨을 구해 준 기억이 없습니다만…

료스케 이 년 전, 독립의군이라 불리는 당신네 무리가 흥경군에 주둔한 제국수비대를 급습한 일을 기억하오?

의태 그 일이라면 똑똑히 기억하고 있지요.

료스케 그때 생포된 세 명의 일본군 병사 중에 내 동생이 있었다오. 동생이 살아 돌아와 이런 말을 합디다. 독립의군 중장이 자신들을 석방해 주었다고.

의태 기억납니다. 그때 그 어린 일본군이 당신 동생이었군요. 어떻게 이런 우연이…

료스케 동생은 무척이나 두려웠다고 했소. 자신들은 조선의 의병들을 생포하면 모질게 고문하거나 죽이는 게 다반사여서 자신도 그렇게 될 줄만 알았다고 말이오. 하지만 독립의군 중 오직 당신만이 석방을 주장했다고 했소. 나는 지금도 의문이오. 당신은 왜 그때 내 동생의 목숨을 살려준 게요?

의태 저는 그저 국제법의 교전수칙에 따랐을

뿐입니다. 사로잡힌 적병이라도 죽이지 않고, 사로잡았더라도 후에 반드시 돌려보내야 한다는 수칙 말입니다. 그게 우리 독립의군이 무뢰배가 아니라는 반증이기도 하지요. 우리는 나라를 되찾으려는 정당한 한 나라의 군인입니다. 그 때문에 저는 당신 동생의 목숨을 살려준 게 아니라, 군인으로서의 본분을 다했을 뿐입니다. 지금 역시 마찬가지인 거고요.

료스케 (깊은 탄식과 함께) 당신의 그런 태도가 나를 화나게 하는 거요. 당신은 어찌 그리 의연한 거요? 숙부의 원수인 당신이 의연한 게 난 너무나 화가 나오. 마음 한편에서는 당신에게 감사한 마음을 갖고 있지만, 또 한편으로는 증오로 불타고 있어 갈피를 잡지 못하겠소. 어째서 동생의 은인인 거요? 그렇지만 않았다면 내 당신을… 내 당신을…(주먹을 불끈 쥐고 눈물을 흘린다)

의태 (조심스레 입을 열며) 미안합니다. 그래서 였던 것 같습니다. 저는 당신을 마음 속으로 존경해 왔습니다.

료스케 나를 존경한다니 그건 또 무슨 소리오?

의태 간수들이 늘 내게 욕지거리와 삿대질을 일삼고

있고, 또 기회가 된다면 언제라도 때려죽일
기세라는 걸 알고 있습니다. 하지만 당신은
달랐지요.

료스케 나는 단지 간수로서 주어진 일을 했을 뿐이오.

의태 그래서 존경하는 겁니다. 국가의 안위를
걱정하고 애태우는 게 우리 사내들의 도리
아니겠습니까. 저는 저의 조국에, 당신은 당신의
조국에. 우리는 서로에게 주어진 정의를 행하고
있는 것이지요. 이제 제게 사심은 접어 두셔도
좋습니다. 그저 일본의 간수로서 저를 대해
주십시오. 다만 저는 죄수가 아닌 독립의군의
중장으로, 그리고 전쟁포로로 이곳에 있겠습니다.
물론 제가 행한 그 모든 과오를 짊어진 채
말입니다…

료스케 당신은 참… 그래, 내 이제 흔들리지 않고
본분을 다하리다. 당신도… 당신도 부디 굳건히
계시오.

그는 처음으로 의태가 머무는 독방의 철문을 경첩음이
들리지 않게 조심스레 닫는다.
무대는 점점 어둠에 잠긴다.

제8막

무대가 밝아지며 테이블에 홀로 앉은 의태가
드러난다.
그는 초조한 듯 다리를 떨며 어떤 생각에 잠겨 있다.
문이 열리며 한 사내가 잠시 멈춰서 의태를 응시한다.
갑자기 그는 성큼성큼 의태에게 다가가고, 의태는
자리에서 벌떡 일어선다.

의태 (와락 안기며) 신부님!
미리엘 신부 십 년 만이구나. 이제 너도 사내가 다
　되었구나.

그는 품에 안긴 의태의 머리와 등을 부드럽게

쓰다듬어 준다.

잠시 후 그를 천천히 떼어 내어 한 발짝 물러선다.

그리고 천천히 그를 응시한다.

미리엘 신부 자, 앉자.

그들은 테이블에 마주 보고 앉는다.
서로의 시선을 응시하던 그들은 잠시 아무 말도 하지 못한다.

의태 이렇게 만나 뵙게 돼서 죄송할 따름입니다.
미리엘 신부 (애절한 눈빛으로) 네가 그렇게 훌쩍 떠나 버렸던 날이 아직도 생생하구나. 사제의 길을 걷다가 불현듯 의병이 되겠다며 성당을 뛰쳐나갔지. 병약한 녀석이 주님의 품을 벗어나 뭘 제대로나 할 수 있을지 늘 걱정이었단다. (의태의 얼굴과 행색을 찬찬히 살펴보곤) 하지만 간간이 들려오는 소식을 통해 네 이야기를 들을 수 있었다.
의태 신부님께 누가 제 이야기를 전해 주었나요?
미리엘 신부 세상이 전해 주었지. 호외, 신문, 현상금

전단에도 네가 있었다. 신도들도 너의 무용담을
이야기하느라 바빴지. 그렇게 너를 접할 때면
대견스러웠다가도 밉기도 했단다.

의태 (멋쩍게 웃으며)제가 미우셨다니, 마음이
아프네요.

미리엘 신부 사제가 되고 싶다던 네가 온 세상에
범죄자로 낙인찍혀 있으니 마음이 불편하기 짝이
없었다.

의태 저는 신도이기 이전에 조선의 아들이니까요.
(무언가를 말하려다가 주저하며) 그래도 전장에서는
늘 주님께 기도를 올렸습니다. 대원들에게는
포교를 하기도 했고요.

미리엘 신부 (의태의 손을 잡으며 미소 짓는다) 그래,
요셉아. 너 답구나.

의태 요셉. 오랜만에 들어 보는 반가운 이름입니다.

미리엘 신부 (의태의 왼쪽 죄수복에 박힌 죄수번호를
바라보며) 이제는 새로운 이름을 가졌구나. 이곳
사람들은 너를 번호로 부르더구나.

의태 네, 저는 이곳에서 921로 불립니다. (미소와 함께
자신의 왼쪽 가슴을 천천히 더듬으며) 일본이 제게
내려 준 세례명이지요.

미리엘 신부 그 세례명이 주는 의미는 알고 있느냐?

의태 네. 의병들은 거진 이런 세례명을 갖곤 합니다.

미리엘 신부 너는 꽤나 자랑스러워하는 것 같구나.

의태 자랑스럽지요. 그만큼 일본에 위협적이었다는 이야기니까요.

미리엘 신부 네가 그런 말을 하니 마음이 아프구나 요셉아. (잠시 말을 멈추고 의태를 가만히 응시하더니) 하지만 너의 새로운 세례명은 카인의 이마에 찍힌 낙인●과도 같은 것이란 걸 모르는 것이냐.

의태 (깊은 한숨을 쉬곤) 예로부터 전쟁이라는 게 살인을 정당화할 수밖에 없는 것이었지요. 신부님도 제게 예루살렘을 지키기 위해 칼을 들었던 십자군들의 이야기를 해 주시지 않았습니까.

미리엘 신부 그간 너의 행적을 이야기하는 게 아니다. 신부 입장이 아닌 스승의, 대부의 입장에서 보자면

● 구약성서 『창세기』에 나오는 카인은 아담과 하와의 맏아들이며 동생으로 아벨을 두었다. 카인은 동생인 아벨을 질투해 죽이게 되는데, 하느님은 그에게 낙인을 찍고 저주하며 평생 떠돌이 신세가 되게 하였다. 카인은 살인자의 대명사로 여겨진다.

독립의군으로서 너는 참 대견스러운 녀석이었어.
하지만 이번 사건은 내가 용납할 수 없다. 너는
정의라는 이름으로 무고한 사람들을 죽였어.

의태 그것도 엄연한 전투였고, 불가피한
희생이었습니다….

미리엘 신부 (단호하게) 나는 네가 전장과 삶의 터전을,
적군과 민중을 구분할 줄 아는 식견이 있다고
생각했다. 하지만 너는 무고한 행정 관료를 향해
방아쇠를 당겼고, 네가 쏜 총탄에 두 명이나
목숨을 잃었다.

의태 (이마를 짚으며) 알고 있습니다. 하지만 그는
무고한 이들이 아닙니다. 일본의 만행에 앞장선
이들이었고, 저는 독립의군 중장으로서….

미리엘 신부 (갑자기 테이블을 쾅 내리치며) 아니! 너는
그 당시 독립의군 중장이 아니었어! 군중 속으로
숨어 들어갔다지. 그게 바로 당당하지 못했다는
증거 아니겠느냐!

의태 (목소리를 높이며) 하지만 제국도
마찬가지였습니다! 처음에는 친선을 빌미로
개항을 요구하고는 총칼을 들이밀었고, 조선의
치안을 돕는다 하고 군대를 주둔시켰습니다!

근대화를 돕는답시고 내정 개입을 했고, 동양의
평화를 주장하더니 황제 폐하를 폐위시켰습니다!
그리고 우리 동포 수백만이 죽어 나갔습니다!
(침을 튀길 정도로 흥분해서는) 눈에는 눈! 이에는
이! 저는 그저 일본이 했던 그대로 했을 뿐입니다!

미리엘 신부 (긴 한숨을 내쉬며) 요셉아. 나는 네가
그동안 일본과는 다르게 행동해 왔다는 사실을 잘
알고 있다. 홍경군 전투에서는 일본군 포로들을
풀어 주었다는 소식도 들었다. 그 소식을 들었을
때 네가 얼마나 대견스러웠는지 아느냐? 그래서
나는 이번 사건을 접했을 때, 이건 너답지 않다는
생각이 가장 먼저 들었다. 분명 주저하고 망설였을
테지. 그렇지 않느냐?

의태 (단호하게) 전쟁을 통해 배웠습니다. 목적을
위해서 수단을 가려서는 안 된다는 것을요. 이번
사건은 그저 불가피한 선택일 뿐이었습니다.

미리엘 신부 이제 진실에 다가서야 할 때다 요셉아.
네가 어떻게 포장을 한다 해도 너는 살인을 했다.
이번 사건은 그나마 살인을 정당화할 수 있는
전장도 아니었다는 게 명백한 사실이다.

의태 (한 치의 망설임도 없이) 그래요. 맞습니다.

불가피한 살인이었습니다. 주저하지 않았느냐고
물으셨죠. 네, 주저했습니다. (자신의 왼쪽 가슴을
움켜쥐며) 주저했고 또 두려웠습니다. 하지만
누군가는 해야 할 일이었습니다. 이대로라면
대한제국이 일본에 그대로 집어삼켜질 게 뻔한
일이니까요. 일본에게 경각심을 심어 주고, 조선의
민중들에게 경종을 울려야 했습니다.

미리엘 신부 그런데 그 방법이 잘못됐다는 말이다.

의태 신부님도 늘 말씀하지 않으셨습니까. 조선에서
벌어지고 있는 모든 비극은 일본 때문이라고요.

미리엘 신부 어리석구나. 너도, 대한제국도 합법적인
방향으로 일본에 대항했어야 했다. 일본은 수단은
무력이었을지라도 형식은 합법을 띠고 있지
않았느냐.

의태 삶의 끝에 내몰린 이들에게 선택지는 그리
많지 않습니다. 이 방법이 우리가 할 수 있는
최선이었습니다.

미리엘 신부 무엇보다 중요한 건 네가 살인을 했다는
것이다. 이 사실은 국제법도, 인륜도, 나아가
하느님도 알고 계신다. 너는 십계 중 가장 크고
무거운 규율인 살인을 행하고 만 것이다.

의태 (고개를 푹 숙이고 한숨을 쉬며) 신부님, 그 사실을 제가 모를 것이라 여기십니까. 저는 몇날 며칠을 괴로워했습니다. 하지만 저는 제 영혼의 가장 근원적 주춧돌인 신앙으로부터 자유로워야만 했습니다.

미리엘 신부 그게 무슨 말이냐?

의태 대한제국의 독립을 위해 신앙을 초월해야만 했습니다(입술을 깨물며 주저하더니). 이번 일을 위해 모든 각오를 했다, 이 말입니다. 저는 이제 살인자가 되든, 신앙으로부터 버림을 받든, 사형을 선고받든 아무 상관이 없습니다. 대한제국을 구할 수만 있다면 다시 한번 십계를 어기고 지옥에 가겠습니다.

미리엘 신부 요셉아… (슬픔에 떨리는 목소리로) 어찌 그렇게 힘든 길을 택했느냐. 나는 마음이 너무나 아프구나. 주님을 볼 낯이 없을 정도다.

의태 (고개를 푹 숙이고) 저는 이제 어찌할 수 없다는 걸 압니다.

미리엘 신부 하지만 나는 너를 사랑한단다. (손을 뻗어 의태의 손을 잡으며) 너의 죄를 증오하는 만큼 말이다.

의태 제게 잘했다고, 장한 일을 했다고 해 주시면 안 되겠습니까…

미리엘 신부 그럴 수 없다. (잡았던 의태의 손을 천천히 놓으며) 너는 너무 큰 죄를 저질렀다…

의태 (담담하게)이미 각오한 일이었습니다.

미리엘 신부 (강한 어조로) 하지만 약해지지 말거라. 앞으로 너는 더 의연해져야 한다.

의태 (놀란 눈으로) 그게 무슨 말씀이십니까?

미리엘 신부 오늘 너를 이렇게 볼 수 있도록 허락한 건 바로 일본이었다. 내게 회유를 권유하더구나.

의태 회유라니요?

미리엘 신부 일본은 내게 달콤한 말로 너를 회유해 심신미약자로 만들 심산이더구나. 네가 의병이었다는 것마저 무의미하게 만들려고 하고 있지.

의태 (치를 떨며)역시 일본은 간악하군요.

미리엘 신부 하지만 나는 그럴 생각이 없단다.

의태 신부님, 저는 저의 모든 죄를 받아들이고 의병으로 죽음을 맞이할 겁니다.

미리엘 신부 의태야. 이제 나는 네게 도움을 줄 수 없다. 조선 교구에서도 네게 고해성사와 종부성사마저

금지했다. (거친 손바닥으로 입가의 수염을 잠시
어루만지더니) 그건 나 역시 같은 마음이란다.
하지만 대부로서는 너를 지켜 주지 못해 미안하고
또 미안할 따름이다.

의태 (천천히 머리를 쓸어 넘기며) 미안해하실 필요
없습니다. 저는 어차피 신앙으로부터는 버림받을
거라 각오했습니다.

입구에서 있는 듯 없는 듯 서 있던 료스케는 헛기침을
하더니 그들이 시선을 던지자 벽시계를 향해 고갯짓을
한다.

미리엘 신부 자, 이제 나는 가야 할 시간이다.
의태 (보낼 수 없다는 듯) 신부님….
미리엘 신부 의태야, 명심하거라. 이제 너는 죄인이다.
이제 카인이 되어 황량한 황야를 홀로 걸어야 할
운명이다. 황야는 너를 죽음으로 내몰 것이다.
(용기를 주는 말투로) 하지만 죄의식에 스러지지
말거라. 죄의식을 십자가처럼 어깨에 짊어지고
나아가거라. 조선을 사랑하는 마음으로 다시
일어서거라. 온전히 십자가를 짊어지고 죽음을

맞이하는 날에는 구원을 받을 수는 없어도, 민족의
등불이 될 수 있을 것이다. 조선의 미래를 비춰 줄
민족의 등불 말이다. (의태의 두 손을 꼭 움켜쥐며)
알겠느냐. 나는 그게 너의 운명이라 믿는다.
의태 어린 시절, 길을 잃었던 저를 인도해 주신
것처럼, 이렇게 다시 한번 저의 길을 안내해
주셔서 감사합니다. (신부의 두 손에 얼굴을 묻고
눈물을 흘리며) 신부님, 저는 그럼 커다랗고
무거운 십자가를 짊어지고 의연하게 나아가도록
하겠습니다.

의태의 대사를 마지막으로 무대의 조명이 순식간에
어두워진다.
잠시 후 다시 무대가 밝아지자 조금 전 같은 테이블이
드러난다.
테이블에는 의태와 늙은 여인이 앉아 있다.

의태 (눈물을 참고 고개를 푹 숙이며) 어머니…
죄송합니다.
어머니 (슬픔과 기쁨에 겨워 흔들리는 목소리로) 의태야,
아이고 내 새끼 많이 야위었구나.

의태 언제 이렇게 늙으신 겁니까. 불효자를 용서하십시오.

그는 빠르게 눈가의 눈물을 훔친다.

어머니 언제 이렇게 장부가 다 되었느냐. (손을 뻗어 의태의 얼굴을 이리저리 만지며) 용서할 게 뭐가 있겠느냐. 사내가 의병으로 나라를 위해 큰일을 하다보면 이런 날도 오고 그러는 게지. 애미는 네가 자랑스럽구나. 아버지도 자랑스러워할 게다.
의태 (눈시울이 붉어진 채로 웃으며) 의병이 좋긴 좋네요. 어머니가 저를 자랑스러워도 하시고요.
어머니 그래, 그렇게 되고 싶다던 신부보다는 이게 훨씬 낫다. (의태의 어깨를 대견스럽게 쓰다듬으며) 세상 사람들이 너를 보고 뭐라고 하는지 알고 있느냐?
의태 저에 대해서요? 뭐라고 합니까?
어머니 다들 영웅이라고 하더구나. (슬픔 가득한 웃음으로) 내가 살맛이 난다 요즘.
의태 영웅이라니요. 저는 한낱 의병일 뿐입니다. (고개를 가로저으며) 결코 영웅이어서는 안 됩니다.

어머니 (그를 응시한 채 눈물을 흘리며)아니, 영웅이지. 영웅이야.

의태 (빠르게 눈물을 훔치고 화제를 바꾸며)그런데 어머니, 여기까지 어떻게 오셨어요?

어머니 어쩐 일로 일본놈들이 정중하게 모시고 왔단다.(주위를 살펴보더니 목소리를 낮추며) 나는 이게 의심스럽다.

의태 의심스럽다니요?

어머니 검찰관이라는 사람이 오더니 네가 의사를 만나게 해 달라고 하더구나.

의태 의사를요?

어머니 그 정신 감정인가 뭘 하면 사형 선고 받을 거 무기징역으로 해 주고, 무기징역 받을 거 삼 년 형으로 줄여 준다고 하더구나.

의태 (놀라며)아니, 그 작자가 그런 말을 했다고요?

어머니 (단호하게) 하지만 거짓부렁이라는 걸 알고 있다. 네가 일본의 고위 간부 두 명이나 숨통을 끊었는데 그렇게 해 주겠느냐.

의태 역시 어머니는 현명하십니다. 그놈들 말 믿지 마십시오. 이제 제겐… (하려던 말을 삼키고는) 제가 만일 정신 감정을 받게 되면 지금도 분투하는,

정의로 가득한 대한제국의 의병이 불명예를 떠안게 될 겁니다. 의병으로서 저의 명예는 물론이고요.

어머니 (눈물을 흘리며 웃음과 함께) 그렇지? 그래 나는 대궐 같은 집을 줘도 너를 그렇게 만들지는 않을 거다.

의태 (놀라며) 아니, 설마 그놈들이 집까지 준다고 했습니까?

어머니 그래, 다 얼토당토 않은 감언이설이지.

의태 (주먹을 불끈 쥐며) 간악한 놈들 같으니라고…

잠시 그들 사이에 침묵이 감돈다.

어머니 : (떨리는 목소리로) 그런데 의태야….

의태 네, 어머니.

어머니 (참지 못해 눈물을 떨구며) 그냥 다 받아들이면 안 되겠느냐?

의태 그게 무슨 말씀이십니까?

어머니 어차피 네가 목적한 바는 다 이룬 거 아니냐?

의태 (의아한 얼굴로) 목적이라니요?

어머니 (주저하더니 이내 논리 정연한 말투로) 이미 일본 고위 관료 둘이나 죽였잖느냐. 그거면 목적을 다 이룬 게 아니냐는 말이다. 목적을 이뤘는데 굳이 네 목숨을 내놓을 필요가 있을까 하는 생각이 든다.

의태 (탄식과 함께)어머니….

어머니 (눈물을 참기 위해 잠시 입술을 깨물다가)이미 목적을 이뤘는데 의병이니 살인자니 그 감투가 뭣이 중요하다고. 살아야지. 그래도 살아야지.

의태 (고개를 푹 숙이고)어머니, 왜 그러십니까. 아들 마음 찢어지게….

어머니 (울음을 참지 못하고 떨리는 목소리로)나보다 먼저 보낼 수는 없다. 하나뿐인 아들이 죽는 걸 어떻게 지켜보라는 말이냐… 앞으로 다 늙은 에미 혼자 어떻게 살아가란 말이냐… 그러지 말고 일본의 요구를 다 들어 보는 건 어떻겠느냐.

의태 (조심스럽고 낮은 목소리로)어머니, 부디 제 불효를 용서하십시오. 하지만 사내가 불명예를 짊어질 수는 없는 일 아니겠습니까. 제가 그렇게 살인자로 살아 나가게 되면 어머니도 돌팔매질을 당하실 겁니다. 차라리 죽은 의병의 어머니가 되십시오….

어머니 (펑펑 울기 시작하며)네가 살아 나올 수 있다면
　　돌팔매질이 대수겠느냐. 그럴 수만 있다면 평생,
　　아니 죽어서도 돌팔매질을 당하련다.
의태 (눈물을 뚝뚝 흘리며)다 제가 짊어지면 끝입니다.
　　그리 말씀하지 마세요….

그들은 서로를 앞에 두고 차마 바라보지도 못한 채
눈물만 뚝뚝 흘린다.

어머니 (눈물을 빠르게 훔치며)아니다, 아니다. 내 또
　　주책을 떨고 말았구나.

그녀는 옷 매무새를 빠르게 정돈하고 자세를 고쳐
앉는다.

의태 (고개를 푹 숙인 채)제 불효를 용서하십시오.
어머니 (언제 울었냐는 듯)이거 받아라.

그녀는 보자기를 풀며 그 안에 담긴 옷을 의태에게
건넨다.

의태 이게 뭐죠?

어머니 삼베옷이다. 마지막 날 깨끗하게 입거라.

의태 (놀라 마른침을 꿀꺽 삼키며)마지막… 이라니요?

어머니 (울음으로 떨리지만 단호한 어조로)의병의 마지막 길이 다 정해져 있는 게 아니겠니.

의태 (말을 잇지 못한 채 탄식하듯)어머니….

어머니 (울음을 참으려 입술을 깨물며) 그놈들이 널 처단한다고 생각하지 말고 그저 나는 죽을 준비가 됐다, 이렇게 생각하고 당당하게 행동하려무나. 절대 땅을 보고 걷거나 고개 숙이지 말고. 너는 독립의군 중장이니까 끝까지 당당하거라.

의태 예, 그럼요. (눈물과 함께 미소를 지으며)제가 누구 아들인데요.

어머니 (울음을 삼키려 입술을 꽉 깨문 뒤) 그래야 에미도 아들 먼저 보내는 데 마음이 편할 것 같다….

의태 어머니. (자리에서 일어서더니) 오늘이 마지막일 것 같은데 인사 올리겠습니다. 절 받으세요. 부디 저의 불효를 용서하십시오….

의태는 바닥에 엎드린 채로 숨을 죽이며 오열을 한다.

잠시 헐떡이다가 호흡을 고른 뒤 천천히 일어선다.

어머니 (의태를 와락 껴안으며) 잘 컸다 내 새끼…

장하다 내 새끼….

어둠 속에서 무대가 밝아지며 법정의 모습이
드러난다.
의태는 두 손이 결박된 채 법정에 서 있다.

재판장 (코에 걸친 안경 너머로 시선을 던지며) 변호사가
  이미 상세한 변론을 했으나 피고인 정의태는
  마지막으로 공술할 것이 있는가?
의태 (어깨와 목을 빳빳하게 세우고) 그렇소. 나는
  오쿠보와 사이고를 이토 히로부미로 오인하여
  살해한 것을 인정했소. 하지만 이번 사건은
  독립의군 중장으로서 전투에 임해 적군을 사살한
  것뿐이며, 두 피해자가 조선을 향한 침략 전쟁에

앞장서고 있는 관료임을 충분히 논증하였소.
따라서 일본 사법부는 나를 만국공법에 따라
전쟁포로로 처분해야 할 까닭은 충분하다
생각하오. 부디 나를 전쟁포로이자 정치범이자
사상범으로 처분해 주길 바라는 바요.

재판장 (다 끝났다는 듯 안경을 벗으며) 이미 피고인이
주장하는 것에 대하여는 심리를 마쳤고,
전쟁포로라는 것을 그 무엇으로도 증명할 수
없음이 입증되지 않았는가.

의태 (의연하게) 이 법정이 나를 전쟁포로로
받아들이지 못하는 것은, 일본이 불의를 정의로
포장하는 것이 바로 이 법정의 목적이기 때문이오.

재판장 여기저기서 웅성거리는 소리가 들려온다.

사쿠타로 (자리에서 벌떡 일어나 큰 목소리로)피고인은
또다시 궤변으로 법정을 모독하고 있습니다!
다이스케 (의태의 소매를 붙잡으며 조급한 목소리로)당신
도대체 왜 이러는 거요!
재판장 (위엄있는 태도로)피고인은 벌써 두 번째
경고요. 발언에 주의하시오!

땅. 땅.

재판장이 판사봉을 치자 장내가 다시 조용해진다.

의태 (눈 하나 꿈쩍하지 않고 재판장을 향해)이건 궤변이 아니외다. 이 법정이 나를 전쟁포로로 인정하게 되면 일본이 벌이고 있는 동아시아에 대한 야욕이 불의라는 게 드러나기에 결국 나는 이곳에서 전쟁포로가 될 수 없는 것이오.

재판장 여기서 불의를 논하는 건 법정의 역할이지 피고인이 아니오. 또한 이곳은 피고인의 불의를 심판하기 위한 자리임을 잊지 마시오.

의태 (언성을 높이며)그렇다면 지금 이 시대에 불거지는 일본의 파렴치한 불의는 도대체 누가 심판한단 말이오?

다이스케는 다급히 의태를 만류한다. 또다시 장내가 소란스러워진다. 재판장은 다시 판사봉을 땅땅치며 근엄한 목소리로 외친다.

재판장 정숙! (미간을 찌푸리며) 그대가 또다시 정치상의 의견을 발표하려고 한다면, 추후에 상세하게 지면으로 제출하는 것이 어떠한가.

의태 나는 이제 진술을 집필하는 것이 불필요하다고 생각하오. 이미 작성한 진술을 언론에도 공개하고자 했지만 법원에서 금지하였으니 말이외다. 집필하고자 하는 목적은 나의 거사에 대한 정치적 목적을 세상에 알리기 위한 것이었으나, 법정은 앞으로도 금지할 터이니 굳이 집필할 이유가 없는 바요.

재판장 그렇다면 이제 피고인은 더 이상 공술할 것이 없는가.

의태 물론 아니외다. 일본의 사법부는 이번 사건의 판결을 통해 일본 사법제도의 편협함을 또다시 입증하지 않기를 바라는 바요. 일본의 법정이 정의를 수호하는 곳이라면 이미 조선과 청나라의 침략에 앞장 선 천황과 이토 히로부미와 내각 관료들을 먼저 법정에 세워야 했을 것이오. 하지만 정치적 야욕을 드러내는 범죄자들을 막기 위한 전쟁에서 포로가 된 나를 그들보다 먼저 법정에 세웠으니 이는 일본 사법부의 수치라고 해도 과언이 아닐 것이오.

재판장 피고인은 지난 공판과 같이 본 사건의 본질을

벗어나서, 과도하게 정사政事에 대한 의견을
피력하고 있을 뿐이오. 이 이상의 공술은 본
사건을 재판하는 데 불필요하다고 판단되는데,
피고인은 마지막 공술 또한 계속해서 같은 의견을
주장할 작정인가.

의태 나의 의견은 충분히 피력한 바, 더 이상의
공술은 할 생각이 없소. 다만 나를 전쟁포로로
처분하지 않을 작정이라면, 부디 사형을 언도해
주길 바라는 바요.

장내 어딘가에서 수근거림이 들려온다.

재판장 그건 무슨 의도로 말하는 것인가?

의태 나는 재판 내내 전쟁 포로임을 주장하였으나,
이는 일본의 제국주의적 논리로 받아들여지지
않았소. 이럴 바에는 차라리 일본 법정의 최고형을
언도 받아 일본제국의 불의와 옹졸함을 증명하는
인물로 남고 싶소.

재판장 (단호하게)그건 자네가 아닌 일본의 법정이
결정한 사안이네.

의태 (잠시 재판장을 노려보듯 응시하더니) 만약 나를

고작 징역형으로 처벌하게 된다면, 나는 훗날
출소해 이토 히로부미는 물론 일본의 천황도 암살
할 계획이오!

그의 한마디에 장내가 술렁이기 시작한다.

재판장 (재판봉을 힘 있게 땅땅 치며) 자, 모두
정숙! 피고인, 그렇다면 향후의 암살 계획도
독립의군에서 논의된 사안인가?

의태 그렇지 않소. 나의 개인적인 야심이오.

다이스케 (다급하게) 재판장님, 지금 피고인은 감정에
휩쓸려….

의태 (다이스케의 말을 가로막으며 재판장을 향해)
아니오. 나는 나의 계획을 솔직하게 말하는 것
뿐이외다.

재판장 피고인은 앞선 재판에서 주장한 논고를
계속해서 반복하고 있어 공술이 불필요하다고
여겨지는 바, 이상 변론에 대해서는 결심結審하고
일주일 후 판결을 언도하도록 하겠다.

무대가 빠르게 어두워지고, 법정은 접견실로

재구성된다.

테이블에 의태와 변호사가 나란히 앉자 무대가 다시 서서히 밝아진다.

다이스케 (신경질적으로 테이블에 서류를 툭 던지며) 이봐요 정의태 씨, 정신이라도 나간 겁니까? 천황을 암살할 거라니 도대체 왜 내게는 하지 않았던 말을 이렇게 막 내뱉는 겁니까! 마지막 공판 날에 실언이라니요! 분명 좋지 않은 판결이 날 겁니다!

의태 (차분한 어조로) 좋지 않은 판결이라면 사형이겠지요.

다이스케 그럴 공산이 큽니다. 이제 우리는 항소를 준비해야 합니다.

의태 저는 항소하지 않을 겁니다.

다이스케 (놀란 눈으로) 뭐라고요?

의태 항소하지 않겠다고 했습니다.

다이스케 당신 미쳤습니까?

의태 미치지 않았습니다. 다만 제가 기다리던 순간이 왔을 뿐입니다.

다이스케 무슨 소리입니까. 기다리던 순간이라니요?

의태 잊으셨나 본데 제가 이번 재판에서 중요하게
여기는 건 단 하나뿐입니다.

다이스케 그게 도대체 뭔데요!

의태 (여유로운 태도로) 바로 의병으로 죽는 거지요.

다이스케 (한숨과 함께 이마를 짚으며) 그놈의 의병
타령은 그만하시지요. 목숨이 아깝지도 않습니까.

의태 이미 아시지 않나요. 저는 이미 의병으로,
목숨을 내놓을 각오로 방아쇠를 당겼습니다.
그리고 변호사님도 느끼고 있겠지만, 저는 제게
죽음이 다가오고 있다는 사실을 느끼고 있습니다.

다이스케 그래서 항소를 준비하자는 말입니다.

의태 아니요. 그렇게 되면 저는 그저 형벌이 두려워
감형을 요구하는 살인자일 뿐입니다. 제가
의병임을 주장할 수 있는 유일한 방법은 사형을
받아들이는 겁니다.

다이스케 그게 무슨 말입니까?

의태 저는 이미 일본의 부조리 속에서 일생을
살았습니다. 조선이 겪는 모든 굴욕을 도저히 참을
수 없어 정의를 지키고자 만주로 건너와 일본과의
투쟁을 시작한 겁니다. 그리고 여기 이 법정까지
오게 된 거죠. 저의 청춘을 바쳐 정의를 지키기

위해 싸웠는데, 고작 죽음을 목전에 두고 일본의
부조리 앞에 굴복하자고요? 안 될 노릇이지요.

다이스케 (한숨을 내쉬며) 저는 당신의 정의관에
연민을 느낍니다.

의태 연민이라니요?

다이스케 일본제국의 정치적 논리에 비하면
터무니없이 나약한 정의이기에 느끼는
연민이지요. 당신의 정의가 나약한 것처럼 당신도
일본제국 앞에서는 무력할 수밖에 없죠.

의태 (단호하게) 저도 대한제국도 나약하지 않습니다.

다이스케 알지요. 알다마다요. 다만 저는 당신의
정의가 당신이 말한 일본의 부조리에 꺾이지
않기를 바랍니다.

의태 꺾이지 않기를 바란다니요?

다이스케 오직 죽음만이 정의를 위한 길이라고
생각하시나요? 형량을 줄여서 훗날을 도모하는
것도 정의를 위한 길입니다.

의태 훗날을 도모하라니 당신은 내가 천황까지
죽이기를 바랍니까?

다이스케 그래요. 뭐든 해 보십시오. 당신도 당신의
정의도 더 강해져야 합니다.

의태 (고개를 갸우뚱하며) 그건 또 무슨 말이지요?

다이스케 저는 깨달았습니다. 절대적인 일본제국의 제국주의적 정의관이 결국 당신처럼 일본에 반대되는 정의로 똘똘 뭉친 인물을 만들어 낸 거라는 걸요. 일본은 점점 강해지고 있습니다. 저는 어렴풋이 느끼고 있습니다. 이제 당신만큼 강한, 일본제국에 반대되는 정의를 가진 무언가가 다시 나타날 거라는 걸 말이죠.

의태 그래요. 저는 바로 훗날을 도모할 그들을 위해 이제 죽음을 맞이해야 하는 겁니다.

다이스케 죽음이 합당하다는 건가요?

의태 합당한 계산이지요. 일제의 부조리 아래에서 싸우다가 죽는 거니까요. 그리고 무엇보다….

다이스케 또 중요한 게 남은 건가요?

의태 (의미심장하게) 대가를 치러야 합니다.

다이스케 대가라니요?

의태 오쿠보와 사이고의 죽음이요.

다이스케 (놀란 눈으로) 왜 이제 와서 그런 말을 하는 거죠? 당신은 여태껏 그들을 그저 전투 중에 죽였을 뿐이라고 주장하지 않았습니까?

의태 (시선을 내리깔고 독백을 하듯 담담하게) 저는 정의의 이름으로 이미 많은 목숨을 빼앗았습니다. 그리고 오쿠보와 사이고도 마찬가지였죠. 그건 정의가 정당화해 준 살인이었지요. 당신이 일본제국의 정의가 무언가 잘못되어 가고 있다는 걸 느끼는 것처럼, 저 역시 의병의 정의가 무언가 잘못되어 간다 느끼고 있습니다. (오른손으로 왼쪽 가슴을 부여잡으며) 우리 모두 인간으로서는 죄를 저지르고 있는 것이지요.

다이스케 (고개를 천천히 끄덕이며) 그래요. 지금도 많은 이들이 정의의 이름 아래 죽어 가고 있지요.

의태 그래서 저는, 의병이 아닌 인간으로 행한 나의 잘못에 대해 대가를 치러야 할 때가 왔다고 생각할 뿐입니다.

다이스케 당신은 의병이 아니라 천주교인으로 삶을 마감하고 싶은 건 아닙니까?

의태 (단호하게) 아니요. 저는 이미 이토 암살을 계획했을 때부터 신앙과 정의의 양 갈래 길에서 정의를 택했습니다. 이미 신앙에서 한참 벗어난 인간이 되어 버리고 말았죠. 사형을 죄의 대가라고 여기는 건 천주교인이 아니라 인간으로서입니다. 정의를 위해 사람들의 목숨을 빼앗았으니, 정의를 위해 저 또한 목숨을 바치는 겁니다. 그래야 합당한 계산으로 정의는 더 숭고해지고 저는 의병으로 완결될 수 있는 겁니다.

다이스케 (가만히 의태를 응시하더니) 당신의 마음을 바꿀 방법은 없는 겁니까?

의태 없습니다. 그저 제가 의병으로 삶을 완결할 수 있도록 도와주십시오.

다이스케 (피로한 듯 손바닥으로 천천히 자신의 이마를 짚으며) 당신도 너무하군요.

의태 항소 대신 부탁 하나 해도 괜찮겠습니까.

다이스케 항소 대신이라면… 그게 무엇이지요?

의태 사형이 구형되면 집행을 최대한 늦춰 주십시오. 한 달이 됐든, 두 달이 됐든 말입니다.

다이스케 (놀라며) 늦춰 달라니요?

의태 집필을 하고 싶어졌습니다.

다이스케 집필? 무엇을 쓰고 싶은 거죠?

의태 정의라는 것이 앞으로 인간을 어떻게 억압하고 유린할 것인지, 정의의 숭고함과 무자비함에 대해 집필하고 싶어졌습니다.

다이스케 정의의 숭고함과 무자비함이라….

의태 이건 제 자신을 위한 게 아닙니다. 조선과 일본,

아니 무섭게 격동하는 이 시대를 위한 것입니다.
우리의 미래는 머지않아 정의로 인해 신음하게 될
것입니다.

다이스케 이미 신음하고 있지요.

의태 이건 시작일 뿐입니다. 하나의 징조일 뿐이죠.
이제 곧 여기저기서 총성과 포성이 울리고
사람들은 절규하고 신음할 겁니다.

다이스케 지금까지 당신과 나눈 이야기, 그것들이
모두 담기겠군요.

의태 정의를 위한 의지의 울림을 전하는 것, 그게
죽기 전 제 마지막 사명입니다. 제 집필이 끝나면
원고는 변호사님이 간직해 주십시오.

다이스케 내가 원고를 어떻게 할 줄 알고 맡기고자
하는 겁니까?

의태 그건 변호사님의 몫이겠지요.

다이스케 당신은 참 알다가도 모르겠군요. 그래요.
어떻게든 사형을 늦추도록 재판장님께 요청을
드려 보겠습니다.

의태 감사합니다.

다이스케 정의태 씨. 사실, 그동안 물어보고 싶은 게
있었습니다.

의태 그게 무엇이죠?

다이스케 대한제국에 당신 같은 의병이 과연 몇 명이나 있을지 말입니다.

의태 저는 이미 수백 명의 의병을 만나 봤습니다. 그들은 모두 저와 같은 이들이죠.

다이스케 당신과 같은 인물이 한 명이라도 더 있다면 일본이 흔들릴 수 있겠다는 생각이 들었는데, 수백 명이라니 일본은 앞으로 거센 난관이 기다리고 있을 것 같군요.

의태 우리의 의지는 머지않아 대한제국의 민중들에게도 전해질 겁니다.

다이스케 그래요. 그때가 되면 저도 본국에 가서 변호사 업무를 볼 수 있겠지요.

의태 그때도 옛 아이즈번의 투사들을 변호하는 건 아니겠지요.

다이스케 당신 같은 자들이라면 그때도 변호인이 되어야지요. 하하.

의태 하하. 당신과 이야기하며 함께 웃은 건 이번이 처음이군요.

그들은 잠시 마주보고 웃음을 주고받는다.

다이스케 (천천히 웃음을 정리하며) 그런데 당신은 두렵지 않으십니까?

의태 아니요. 저는 최후의 시간을 기다리고 있습니다. 그 순간이 저를 완성시켜 줄 거고요.

다이스케 그래요… 당신의 완고함은 꺾을 수 없겠지요. 그래도 미안합니다.

의태 아니요. 당신이 미안해할 게 뭐 있나요. 당신은 제가 감동할 만큼 최선을 다해 주었습니다. 물론 하나도 받아들여지지 않았지만 나의 행위를 정당화할 수 있는 법적인 근거가 있다는 것에도 많이 놀랐고요.

다이스케 저는 할 일을 했을 뿐입니다. 자, 정의태 씨. 이제 시간이 다 됐군요.

그는 무겁게 몸을 일으킨다.

의태 그래요, 그럼….

그들은 뜨겁게 악수를 나누지만 오랫동안 손을 놓지 못한다. 무대의 조명이 어두워지고, 어둠 속에서 무대가 빠르게 법정으로 전환된다.

다시 무대가 밝아지자 법정에 사람들이 앉아 있다.
의태는 홀로 꼿꼿하게 서서 재판장을 응시하고 있다.
재판장은 서류를 이리저리 검토하더니 좌중을
둘러보며 입을 연다.

재판장 살펴보건대 피고인 정의태가 오쿠보와
사이고를 살해한 행위는 제국형법 제199조에
해당하며, 이에 따라 사형 또는 무기징역 혹은
3년 이상의 징역형의 처벌을 받아야 마땅하다.
피고인은 본래 한국통감부의 총독 이토
히로부미를 암살하려는 목적을 갖고 있었으나,
오쿠보를 이토 히로부미로 오인하여 살해하기에
이르렀으며 목적 완수의 확신이 서질 않자
동행하고 있던 사이고 또한 살해했다. 피고인의
살해 행위는 러시아의 영토인 하얼빈에서 감행한
것이며 무고한 많은 이들이 지켜보는 가운데
극악무도한 일을 저질렀기에 사형이라는 극형을
과하는 것이 지당하다고 인정한다. 이에 의거하여
피고인 정의태를 사형에 처한다.

땅. 땅. 땅.

잠시 적막이 감도는 순간, 의태는 결박된 두 손을 번쩍 들고 외친다.

의태 대한제국 만세! 대한제국 만세! 대한제국 만세!
재판장 신성한 법정에서 난동을 부리는 피고인을 당장 끌어내시오!
의태 (끌려 나가면서도 큰 소리로 외치며) 다들 똑똑히 들으시오! 머지않아 정의의 이름 아래 인간이 고통받고 신음하는 시대가 도래할 거요! 정의가 인간을 수탈하고, 착취하고, 유린하고, 살육을 벌일 겁니다! 그때가 되면 이 법정은 도대체 누굴 심판할 겁니까!

제9막

무대가 밝아오자 곤페이의 집무실이 드러난다.
그들은 한 손에 찻잔 하나씩을 들고 나란히 서 있다.
객석이 창밖인 것처럼 차를 홀짝이며 여유롭게
둘러본다.

사쿠타로 (곤페이를 바라보며) 정의태의 변호사가 사형 집행을 한 달 미뤄 달라고 합니다.
곤페이 (입을 데어 짜증을 내며) 사형을 선고받았으면 곱게 뒈져야지. 젠장 뭐야, 도대체 뭐 때문이야!
사쿠타로 그는 지금 옥중에서 '정의의 시대'라는 걸 집필하고 있습니다.
곤페이 (옷에 살짝 차를 흘리며) 젠장, 가져가!

그는 인상을 쓰며 큰 소리로 비서를 부른다. 문을
열고 들어온 비서는 그가 건네는 찻잔을 받아든다.
사쿠타로도 마시던 차를 비서에게 건넨다. 비서는
빠르게 퇴장한다.

곤페이 (옷을 툭툭 털어 내며) 느낌이 좋지 않구먼. 그게
  무슨 내용이야?
사쿠타로 (그에게 직접) 들어보니 인간의 숭고한
  정의가 곧 인간을 신음하게 할 거라는 사상입니다.
곤페이 그게 무슨 소리야?
사쿠타로 각 국가의 정의가 충돌하며 인간들이 그
  아래에서 정의의 이름으로 죽거나 다칠 거라는
  이야기입니다.
곤페이 고상하게 표현했지만 결국 일본제국이 짊어진
  천명을 비판하는 거잖나.
사쿠타로 (고개를 끄덕이며) 그렇긴 하지만, 사실
  이건 따지고 보면 정의태 자신의 기나긴 자기
  항변이라고 보면 될 것 같습니다. 정의 때문에
  자신이 살인을 저지를 수밖에 없었다, 이렇게
  주장하는 것이지요.
곤페이 (코웃음을 치며) 재판장에서 그랬던 것처럼

이번에는 글로 자기 변론을 해 보겠다는 거군.

(혀를 끌끌 차며)골칫거리야 골칫거리.

사쿠타로　(자부심에 가득 찬 얼굴로)그래서 그의 요구를 묵살하려 합니다.

곤페이　안 될 일이지. 재판으로도 우리가 한 방 먹었는데, 또 문제를 만들 수야 없지.

사쿠타로　네. 그럼 사형은 그대로 정해진 날짜에 집행하도록 하겠습니다.

곤페이　(입맛을 다시며) 아니지, 아니지. (턱수염을 매만지며) 나도 그동안 쭉 생각해 봤는데 아무래도 사형일을 바꿔야겠어.

사쿠타로　(놀란 듯 눈을 동그랗게 뜨며) 그럼 언제로 생각하시는지요?

곤페이　(단호하게) 사흘 뒤.

사쿠타로　특별한 이유라도 있습니까?

곤페이　사흘 뒤가 바로 석 달 전, 오쿠보와 사이고가 죽었던 날과 같은 날이네. 같은 날, 같은 시간에 사형을 집행하게. 죽은 이들의 원혼을 그렇게라도 달래 줘야지. 무엇보다 그 말도 안 되는 정의의 시대라는 게 조금이라도 개진되는 걸 내 도저히 지켜보지 못할 것 같네. 그놈한테는 절대로 미리

알리지 말게.

사쿠타로 (고개를 살짝 숙이며) 알겠습니다. 말씀하신 당일에 바로 진행토록 하겠습니다.

곤페이 (뒷짐을 지고 창밖을 바라보며) 참, 유품은커녕 시체조차도 가족에게 건네주지 말게. 그 원고는 압수해서 태워 버리고.

사쿠타로 그러면 시체는 어떻게 할까요?

곤페이 내 그런 것까지 말해야 하나? 알아서 처리하게.

그는 담배에 불을 붙이며 사쿠타로에게 음흉한 미소를 띄워 보낸다.
무대에는 서서히 어둠이 찾아온다. 어둠 속에서 무대가 전환되는 사이 무대 왼쪽에 스포트라이트가 밝혀진다. 한 사내가 초조하게 두리번거리며 누군가를 기다리고 있다.

다이스케 (성큼성큼 다가오며) 이런 곳에서 보자고 하시다니, 무슨 일인가요?

료스케 (두리번거리며) 내일 정의태의 사형이 집행될 예정이오.

다이스케 (화들짝 놀라며) 아니, 사형이라니요! 형 집행 연장이 승인되었잖습니까!

료스케 상부에서 지시가 내려왔고, 형무소에서는 모든 준비를 마친 상태라오.

다이스케 (이를 갈며) 재판부도 결국…! (손끝으로 자신의 이마를 매만지더니) 정의태는 이 사실을 알고 있습니까?

료스케 (고개를 무겁게 끄덕이며) 그렇소. 사실 상부에서는 어떤 예고도 없이 형을 집행할 예정이었지만, 내 차마 그렇게는 지켜볼 수 없어 정의태에게 몰래 일러 주었소.

다이스케 그가 뭐라고 하던가요?

료스케 집필하던 걸 마무리 지을 수 없다는 사실에 무척이나 안타까워했소.

다이스케 그게 다였나요?

료스케 그렇소. 이제 죽음을 맞이하겠다며 수의를 입은 채 지내고 있소.

다이스케 (입술을 깨물며) 최후를 기다리고 있군요.

료스케 참, 그는 집필을 중단하고 필기구를 반납하며 마지막으로 글씨를 썼소.

다이스케 글씨라니요?

료스케 자신이 입을 수의의 왼쪽 가슴에 먹으로 글씨를 써 넣었소.

다이스케 뭐라고 썼죠?

료스케 '독립의군 중장 정의태'

다이스케 (탄식하며) 결국….

료스케 (조심스레 주위를 둘러보며) 그리고 당신에게 이걸 전해 달라고 했소이다.

그는 품에서 두꺼운 봉투를 꺼내 다이스케에게 건넨다.

다이스케 (봉투를 살짝 들춰 보며) 이게 무엇입니까?

료스케 그가 집필 중인 원고요.

다이스케 (의아해하며) 그가 이걸 건넸다고요?

료스케 왜 그리 놀라시오?

다이스케 (고개를 갸우뚱하더니) 그러면 집필을 못 한다 하더라도 죽음의 순간까지 집필을 했을 거라 생각했거든요.

료스케 나 또한 그리 생각하는 바요. 하지만 특별 지시가 함께 내려왔기 때문에 그도 이 방법을 택한 걸 거요.

다이스케 (침울한 얼굴로) 무슨 지시입니까?

료스케 정의태의 모든 물품을 압수하라는 지시였소. 사실 압수품목은 단 하나뿐이긴 했지만 말이오.

다이스케 바로 이 원고였군요.

료스케 (고개를 끄덕이며) 상부에서는 사형 집행과 함께 이걸 폐기처분 할 계획이라오.

다이스케 아니, 그런데 이렇게 빼돌려도 괜찮은 겁니까? 당신에게 주어진 임무일 터인데…

료스케 (가볍게 미소 지으며) 일은 어떻게든 흘러갈 테니 걱정 마시오.

다이스케 (걱정 어린 얼굴로) 그렇지만 상부에서 알게 되면…

료스케 사실 정의태는 내게 부탁을 꼭 들어주지 않아도 된다고 했소만, 나는 이게 내가 해야 할 일이라는 확신이 들었소이다.

다이스케 위험을 떠안으면서까지 확신이 들었다니요?

료스케 정의태는 지금 우리의 시대와 곧 다가올 시대를 진단했소. (서류봉투를 가리키며) 이건 시대의 진단서나 다름없소. 우리는 이제 죽고 죽이는, 이런 비극의 굴레를 벗어나야 하오. 한데…

다이스케 (형무소의 꼭대기에 펄럭이는 일장기를 바라보며) 정말 이 시대는 걷잡을 수 없이 치닫고 있습니다. 일본은 지금 그 위세를 거침없이 펼쳐가고 있지요. 서양 강대국인 러시아를 전쟁에서 이겼고, 관동도독부를 시작으로 중국을 조금씩 정복해 가고 있습니다. 또 한국통감부를 시작으로 조선을 통째로 집어삼키려고 하고 있죠. 정의태의 말처럼 모든 게 예견되어 있습니다. 그 속에서 중국인들도 조선인들도 그리고 우리 일본인들도 무수히 죽어 나갈 겁니다. 모두 자신들의 정의를 부르짖으며 말이죠.

료스케 (무겁게 고개를 들더니) 나는 이제 그런 확신이 들었소.

다이스케 어떤 확신이죠?

료스케 앞으로 무수히 많은 정의태를 만날 것 같은 확신 말이오.

다이스케 무수히 많은 오쿠보와 사이고도 나타나겠죠.

료스케 그렇다면… (절망에 찬 얼굴로) 이제 우리는 무얼 해야 하는 거요?

다이스케 우리는 그저… 시대 속에서 신음해야겠지요.

료스케 도대체 정의라는 게 무엇이오?

그들은 아무 말 없이 서로를 바라보고, 그 사이
스포트라이트가 꺼지며 그들은 어둠 속으로 사라진다.
암흑 속에서 의태의 음성이 커다랗게 들려온다.

의태 (탄식하며 읊조리듯) 오, 나의 조국이여… 오, 나의
주님이여….

잠시 이어지는 침묵

의태 (무언가를 결심한 듯 환희에 찬 목소리로) 대한제국
만세! 대한제국 만세! 대한제국 만세!

잠시 후 교수대의 발판이 철컹, 하고 떨어지는 소리가
크게 울려 퍼진다. 이어 밧줄이 어떤 중량에 의해
팽팽하게 뒤틀어지는 소리가 들린다. 잠시 고요가
찾아온다.

무대 뒤 스크린에 영사기가 커다란 대한제국기旗를
투영한다. 국기 위에 '1907'이라는 글씨가 커다랗게
오버랩된다. 숫자는 바뀌어 '1908', 이어 '1909'가 된다.
잠시 후, 갑자기 날카로운 일곱 발의 총성이 울려

퍼진다. 비명과 혼란의 소음 속에서 한 사내의 음성이 들려온다.

어떤 사내 대한제국 만세! 대한제국 만세! 대한제국 만세!

스크린의 숫자가 바뀌기 시작한다. '1910'의 배경을 채우고 있던 대한제국기는 일장기로 순식간에 대치된다. 안개가 서서히 깔리기 시작한다. 기미가요가 울려 퍼지며 총소리와 곡소리가 들려온다. 숫자는 빠르게 올라간다. '1911', '1912', '1913' 포탄 소리와 비명소리가 난무한다. '1914', '1915', '1916' 음흉한 웃음소리와 여인들의 절규 그리고 아이들의 울음소리가 울려 퍼진다. '1917', '1918', '1919' 숫자가 멈추고 어떤 대규모의 웅성거림이 들려온다.

군중 대한독립 만세! 대한독립 만세! 대한독립 만세!

이어 여기저기서 날카로운 호각소리, 칼을 휘두르는 소리, 총을 난사하는 소리, 일본군들의 외침이 들려온다. 그 속에서 군중은 비명을 지르며 절규하지만 외침을 멈추지 않는다.

군중 대한독립 만세! 대한독립 만세! 대한독립 만세!

군중들의 함성은 점점 작아져 가고 무대는 점점 어두워져 간다. 스크린에는 '1919'라는 숫자가 오래도록 남아 있다가 사라진다. 무대는 어둠에 잠긴다.

다시 무대가 밝아진다. 스크린에는 붉은 여명 속에서 산등성이가 서서히 그 모습을 드러내고 있다. 무대 위에 스포트라이트가 비춘다. 수풀이 우거진 숲속에서 두 사내가 부둥켜 안고 눈물을 흘리고 있다.

창주 (기쁨에 겨워) 형은 이런 날이 올 거라고 생각했나요!
형두 (창주의 어깨를 두 손으로 꽉 움켜쥐고) 아니, 생각도 못 했어! 네가 북로군정서●에 있을 줄이야!

● 북로군정서(北路軍政署)는 1919년 북간도에서 서일(徐一)과 김좌진(金佐鎭) 등을 중심으로 조직된 무장독립단체이다.

창주 저도 형이 대한독립군**에 있을 줄은 생각도 못
했어요!

형두 (소매로 눈물을 빠르게 훔치며) 너와
독립의군에서 함께했던 시절이 생각나는 구나.

창주 (흐뭇한 미소로) 어떻게 잊을 수 있겠어요.
아무것도 준비된 게 없었지만 의지와 투지만으로
모든 걸 하려고 했던 그런 순수하고 아름다운
시절이었죠 정말.

형두 의태도 이 자리에 있었다면 좋을 텐데….

창주 이 순간이야말로 의태 형이 매일 소망했던
순간이었죠. 형은 늘 독립의군이 일본과 맞서
싸울 수 있는 어엿한 대한제국의 군대로 거듭나길
바랐죠.

형두 (가볍게 숨을 들이쉬고 하늘을 바라보며) 벌써
우리가 의태와 함께했던 게 12년 전 이야기가
됐구나.

창주 의태 형의 마지막은 어땠나요. 소문으로 밖에
듣지 못했어요. 의태 형의 이야기를 해 주세요.

형두 의태와 나는 함께 형무소에 수감됐지만 우리는

●● 대한독립군(大韓獨立軍)은 1919년 만주에서 홍범도(洪範圖)와,
주건(朱建) 등을 중심으로 조직된 무장독립단체이다.

마주치지도 못했어. 재판도 따로 받았었거든.
그런데 녀석의 소식은 매일 들을 수 있었지. 한
교도관이 의태와 내가 서신을 몰래 주고받게 해
주었거든.

창주 서신이요? 서신으로는 어떤 이야기를
나눴나요?

형두 (웃음과 함께 머리를 절래절래 흔들며)녀석이야
한결 같았지. 정의와, 의병의 길과, 조선의
미래만을 이야기했어.

창주 (흐뭇하게 미소 지으며)정말 의태 형답군요!

형두 그래 맞아. 의태는 전투 중에도, 형무소에서도,
법정에서도, 심지어 사형장에서도 한결같았어.
올곧았고 정의로웠지.

창주 저는 의태 형만큼 시대에 가슴 아파하고, 정의에
신음하는 사람은 지금까지 만나 본 적 없어요…
그런데 정말 궁금했어요.

형두 뭐가?

창주 의태 형은 어떻게 무너지지 않았던 걸까요?

형두 의태는 고독 속에서 마침내 자신을 지켜냈어.

창주 고독이라니요?

형두 정말 모든 것에 버림받았거든. 녀석을 지켜줄

건 하나도 없었지. 조선의 민중도, 대한제국도,
신앙도 아니 그 무엇도 그를 지켜 주지 않았어.

창주 (한숨을 길게 내쉬고) 얼마나 괴롭고
고독했을까요?

형두 어느 새벽에 일어난 일이었어. 교도관이 나의
독방으로 오더니 무언가를 스윽 내밀며 이렇게
말했지.

창주 뭐라고 했죠?

형두 당신의 친구가 이걸 버렸소.

창주 버리다니 그게 뭐였죠?

형두 (주머니에서 꺼낸 작은 십자가를 보여 주며) 바로
이거야.

그는 창주에게 십자가를 건넨다. 창주는 자신의
손바닥 위에 있는 십자가를 한참 동안 응시한다.

창주 (손바닥에 올려진 작은 십자가를 바라보며) 믿기질
않아요. 의태 형이 신앙을 버렸다니요.

형두 조선교구에서는 의태의 고해성사와
종부성사까지 거부했거든. 대한제국을 위해
목숨을 바쳤지만, 고작 돌아온 건 죄의식뿐이었던

거지.

창주 스스로를 위해 신앙을 버린 거로군요.

형두 그건 스스로를 위한 게 아니었어. 의태가 끝까지 신앙을 지켰다면 살인자로 인생을 마감했을 거야.

창주 (십자가와 함께 주먹을 꽉 쥐며 비장하게) 대신 신앙을 버리고 오직 의병이 되길 택했던 거군요.

형두 그래. 우리에게 의병의 길이 무엇인지 보여 준 거였지.

창주 (심각한 얼굴로) 형두 형, 저는 여전히 의태 형의 고민에서 벗어나지 못했어요.

형두 어떤 고민인데?

창주 지금 이 시대는 정의로 들끓고 있어요. 저는 정의라는 게 점점 무서워져요.

형두 무섭다니?

창주 구라파•도 지금 여러 나라들이 자신들의 국가를 위하여 거대한 전쟁을 벌이고 있어요••. 5년 째 지속된 전쟁으로 벌써 천만 명 이상이

- 구라파(歐羅巴)는 중국에서 유럽을 한자 음역을 통해 표현한 단어이다.
- •• 이들의 대화 시점은 1919년으로, 창주는 제1차 세계대전을 말하고 있는 것이다.

목숨을 잃었대요. 일본도 천황과 국가를 내세우며 아세아* 온 전역에서 정복전쟁을 일삼고 있죠. 우리는 거기에 맞서 조선을 지키기 위해 총을 들고 이렇게 전쟁터에 서 있잖아요.

형두 네 말이 맞아. 세상 온 국가가 전쟁에 휘말렸지. 이제 정말 국가적 정의는 그 모든 것을 초월하는 가치가 되었어. 천륜도, 인륜도, 법도, 신앙도, 도덕도, 관습도 심지어 가족과 사랑과 우정 마저도 하찮게 만드는 절대적 정의가 되었지. 정의를 실현하기 위해서는 그 모든 것을 파괴해도 허용이 되는 시대가 도래한 거야.

창주 온 세상이 아름다운 정의를 부르짖는데 메아리처럼 들려오는 건 기쁨의 함성이 아니라 신음과 비명뿐이에요.

형두 (잠시 침묵하더니) 창주야, 나는 의태의 죽음을 통해 깨달은 게 하나 있어.

창주 그게 무엇이죠?

형두 바로 정의는 숭배의 대상이라는 거야.

창주 숭배의 대상이요?

● 아세아(亞細亞)는 중국에서 아시아를 한자 음역을 통해 표현한 단어이다.

형두 그래. 우리가 찾고자 하는 대한 독립이라는 정의도, 일본이 쟁취하고자 하는 아세아의 패권이라는 그네들만의 정의도, 아니 온 구라파를 휩쓰는 각국의 정의도 피와 살육만을 불러오고 있어. 네 말대로 정의의 길에는 영광의 빛이 아니라 신음과 비명만이 들려올 뿐이지. 하지만 이 사실보다 더 중요한 건 바로 자신의 국가와 민족의 정의를 숭배하지 않는다면 더 큰 비극을 초래한다는 거야.

창주 (천천히 고개를 끄덕이더니)패배하는 정의는 곧 불의가 되어 버리고 마는 것이죠. 나아가서는 착취와 유린을 당하게 되고요. 우리 조선처럼….

형두 그래 맞아. 우리 시대는 이제 정의 말고 무엇을 숭배해야 하는지 잊어버리고 말았어.

창주 (주저하더니)우리도 그저 정의를 숭배해야겠죠.

형두 (단호하게)그냥 숭배로는 안 돼.

창주 그럼요?

형두 의태가 정의를 신앙보다 높은 자리에 두었던 것처럼, 절대적인 숭배를 해야 하는 거지. 숭배의 논리는 그 모든 가치를 초월하고, 숭배를 향한 그 어떤 행위도, 심지어 누군가의 목숨을 뺏는 것조차도 아름답게 정당화해 주거든.

창주 혹시 모르죠. 정의가 모셔진 제단에는 피가 제물인지도… (잠시 생각에 잠기더니)하지만 정의를 맹신하는 우리 시대도 언젠가 대가를 치르는 날이 오지 않을까요.

형두 (노을을 응시하며)어쩌면 우리는 이미 대가를 치르고 있는지도 몰라.

창주 대가를요?

형두 의태는 자신의 목숨을 내놔야만 했잖아. 안중근도 그러했고. 그뿐만 아니라 많은 동료들이 전장에서 자신의 목숨을 잃었지. 또 누구는 보금자리를 잃고, 재산을 잃고, 명예를 잃고, 팔다리를 잃고, 정신질환에 시달리기도 하고…. (무언가를 말하려다가 깊은 한숨을 쉬며 말을 삼킨다)

창주 (자신의 허벅지를 바라보며)저는 다리를 절고요.

형두 (창주의 허벅지를 응시한 채)나는 가족을 모두 잃었지.

잠시 그들은 침묵하며 자신들의 총을 움켜쥔 채 저 먼 곳을 응시한다.

창주 (침묵을 깨며)앞으로 우리에게는 더 큰 대가가 있을 거예요.

형두 (자조 섞인 미소로)하지만 바로 그게 우리의 길인 걸. 언젠가 정의의 대가를 치르는 삶.

창주 (담담한 표정으로)그럼요. 반드시 합당한 대가를 치러야지요. 그것도 아주 의연하게요.

형두 (체념의 미소와 함께)그래, 우리는 정의를 숭배만 하면 되는 거야.

창주 (잠시 총을 어루만지더니)절대적으로 숭배해야죠. 우리의 대한 독립을.

형두 (입술을 꾹 깨물고 무언가를 말하려다가 말고는)자, 이제 날이 밝아온다. 이렇게 고요하고 평화로운 청산리도 곧 치열한 격전지가 될 거야. 준비하자.

그때 그들로부터 멀찌감치 떨어져 있던 한 병사에게서 수신호가 전해진다. 그들은 바위에 몸을 의탁하곤 총구를 무대 뒤 스크린을 향해 겨눈다. 스크린에는 청산리의 푸른 들판이 한눈에 내려다보이는 풍경이 펼쳐져 있다. 들판 저 멀리에서는 일장기를 앞세운 갈색의 군대●가 움직이기 시작한다.

● 20세기 초, 일본군의 군복은 갈색이었다.

부록

정의의 시대에 부쳐

다이스케

 태양은 떠오르고 진다. 우리는 그 단순한 진리를 거스른 채 하늘에 태양을 못 박아 버렸다. 지난 반세기 동안 아세아 대륙과 태평양에 나부꼈던 욱일승천기가 바로 우리의 의지였다. 일본은 태양이 지지 않는 나라였다. 모든 신민은 정오의 열정에 뜨겁게 도취되어 전쟁터로 향했다. 하지만 우리가 도취되었던 것은 뜨거운 태양이 아니라, 우리가 인위적으로 그려 낸 거짓 태양이 선사하는 열기에 불과했다. 거짓 태양이 인도하던 무한한 번영과, 숭고한 영광은 일본에 찾아온 적이 없었다. 우리가 마주한 건 히로시마와 나가사키에 흩뿌려진 잔혹한 섬광뿐이었다.

어쩌면 욱일승천기는 무한한 번영과 숭고한 영광의 도래가 아닌, 바로 이 잔혹한 섬광의 예고였는지도 모른다. 이 섬광은 경종이 되어 일본 열도에 울려 퍼졌다. 태양은 져야 한다는 것을, 아니 모든 것이 잘못되었음을 말이다. 지난주, 천황 폐하께서는 종전을 선언했다. 드디어 우리는 반세기 동안 도취되어 있던 뜨거운 정오의 열정에서 깨어났다. 정오의 열정은 닿을 수 없는 달콤한 꿈이나 마찬가지였다. 긴 잠에서 깨어나 우리가 목도한 것은 꿈의 왕국이 아닌, 황폐화된 국토였다. 213만의 신민은 정오의 열정과 달콤한 꿈에서 깨어나지 못한 채 죽음을 맞이해야만 했다.

무엇이 잘못되었던 것인가. 일찍이 일본제국은 진단을 받았던 적이 있었다. 1907년에 하얼빈에서 두 명의 일본인을 죽인 정의태라는 조선인 청년은 꿈의 왕국에 대한 환상에 젖어 버린 일본을 냉철하게 진단했다. 그는 이미 우리 시대가 국가와 사상을 절대적으로 숭배하고 있음을 알아챘다. 그리고 이 숭배의 논리는 인간을 착취할 것이라고 주장했다. 실제로 우리가 경험했듯 욱일승천기 앞에서는 그 어떤 것도 가치를 갖지 못했다. 붉게 타오르던 정의는 인간 본연의 윤리와 도덕을 짓밟았다. 정의는 도래할 꿈의 왕국을 그려놓고, 그곳으로 나아가기 위해 인간을 수단으로만 이용했다.

목적은 수단을 정당화했다. 그리하여 정의는 인간을 유린하고, 수탈하고, 죽이는 것을 합법화했다. 정의태는 자신이 일본 고위 관료 둘을 죽인 것을 정의의 이름으로 정당화했다. 그가 도취되어 있는 정의는 대한독립이었다. 사실 이 사태는 우리 일본이 조장한 일이었다. 우리는 정의의 이름으로 조선을 집어삼켰기에, 빼앗긴 조선인들은 자신들의 국가를 되찾기 위한 그들의 정의관을 만들 수밖에 없었던 것이다. 우리가 빼앗기 위해 인간 수탈을 허락했다면, 그들은 되찾기 위해 인간 수탈을 허락한 것이었다. 그리하여 정의의 이름 아래 얼마나 많은 총성이 울려 퍼졌던가.

정의태는 사형을 당하기 전 내게 자신의 사상을 담은 논문을 전했다. 이것은 1907년 당시, 우리 일본이 머지않아 마주할 오늘날의 비극을 예고하는 진단서나 마찬가지였다. 하지만 우리는 욱일승천기가 만들어 낸 환상의 정오에 머물러 있었기에 아무도 그의 진단을 믿지 않았다. 게다가 머지않아 무한한 번영과 숭고한 영광으로 가득 찬 일본제국의 도래를 고대하고 있었기에 믿을 수도 없었다. 그가 대한독립이라는 정의를 숭배하고 끝내 두 명을 죽인 일, 법정에서 벌인 기나긴 자기 합리화와 변호, 그리고 그 불완전한 논리에서 빠진 자가당착. 그 모든 것은 사실 일본이 지난 반세기 동안 세상에서 벌였던 일들과 다름없다.

그러나 그는 일본과는 다르게 정의를 믿었음에도 인간성을 잃지 않았다. 그리고 법정에 서서 그는 죽음이라는 응당한 대가를 의연하게 받아들였다. 모순뿐이었던 자가당착에도 불구하고 말이다. 우리는 정의태처럼 응당한 대가를 받을 준비가 되어 있을까. 일본은 조선인 한 청년보다 더 나은 행보를 보일 수 있을까. 욱일승천기는 세상에 너무 오랫동안 펄럭였다. 일본의 태양은 너무 오래 떠 있었고, 또 너무 많은 어둠을 유보해 왔다. 우리는 이제 한동안 기나긴 어둠 속에서 지내야 할 것이다. 때가 왔다. 일본은 정의태의 마지막 논고를 마주해야 할 것이다. 이제 곧 일본도 역사의 법정에 서게 될 테니까.

쇼와昭和 20년 8월 22일 ●

서랍 속에 잠들어 있던
정의태의 원고를 떠나보내며

● 1945년 8월 22일. 다이스케의 집필 목적을 살리고자 일본의 연호를 그대로 사용했다.

정의의 시대

정의태

동아세아 평화 질서의 붕괴

서구 열강의 위세 아래 동아세아의 질서는 무너지고 말았다. 서구의 함선들이 함포로 동아세아의 문을 두드리기 이전까지, 조선은 중국을 중심으로 한 조공책봉의 계서적 질서를 유지하며 살았다. 이것은 단순히 중국 중심의 지배 논리가 아니었다. 중국은 이 위계질서하에 있는 국가들에 평화를 약속했다. 또한 각국의 왕조는 이를 통해 정치적 입지와 통치의 정당성을 부여받았다. 이 체제가 잘 작동할 때 동아세아는 평화를 유지했다. 오히려 체제가 약해졌을 때 동아세아의 비극이 시작되었다. 가령 도요토미 히데

요시가 일본의 정권을 잡았을 때 임진왜란이, 청나라가 중원의 패자가 되었을 때 병자호란과 정묘호란이 발발했다.

이 계서적 질서는 단순 지배의 논리만이 아니라 평화를 보장하는 국제적 질서다. 하지만 작금에 이르러 이 평화의 질서는 서구 열강의 등장으로 깨어지고 말았다. 그들은 거대한 함선과 함포, 그리고 근대화된 군대를 앞세워 동아세아에 야욕을 드러냈다. 우리는 스스로를 지키기 위해 서구 열강과 맞서 싸웠으나, 애석하게도 애국충정의 마음은 막강한 화력을 가진 그들의 무력을 당해 낼 수 없었다. 패배의 끝에는 늘 불평등 조약이 있었으니, 이제 동아세아는 조약 아래 서구 열강에게 경제적으로, 정치적으로 착취당하게 되었다. 더 이상 동아세아에 조공책봉 체제는 유지될 수 없었다. 바로 이것이 동아세아의 질서가 붕괴되는 순간이었다.

질서의 붕괴는 평화의 균열을 의미했다. 질서의 중심에 있던 청나라마저도 착취와 수탈의 대상이 되고 말았다. 동아세아는 서구 열강의 불평등 조약 아래에 모두 같은 피해자나 다름없었다. 하지만 일본은 조선이나 중국과는 달리 다른 행보를 걷기 시작했다. 바로 서구 열강을 흉내 내어 함포와 군대를 앞세워 조선과 중국을 침공했고, 무력을 토대로 불평등 조약을 맺었다. 조선은 1876년 강화도 조약 이래로 일본에게 점점 종속되기 시작했고, 1905년에는 외교권을 박탈당하고 말았다. 1907년에는 대한제국의 고종 황제마저 일본에 의해 폐위당하고 말았다. 일본의 야욕은 그간 동아세아의 질서를 완전히 붕괴시켰고 평화는 그 종적을 감추었다.

조공책봉 체제와 작금에 이르러 서구 열강과 일본이 행하고 있는 지배의 논리는 완전히 다르다. 전자는 지배의 논리이긴 하지만 제도하의 국가에 자주적인 주권을 인정해 주는 반면, 후자는 주권마저 빼앗고 나아가 완전한 지배와 극악무도한 수탈을 자행하려고 한다. 조공책봉 체제가 붕괴되면서 그동안 제한적으로나마 보장되었던 평화의 시대는 끝이 나고 만 것이다. 이제 동아세아의 권력의 중심으로 자리 잡은 일본은 평화를 원하지 않고 있다. 일본은 조선을 군사적 거점으로 삼아 1894년에는 중국과 전쟁을 치렀고,

1904년에는 러시아와 전쟁을 치렀다. 동아세아의 평화는 일본 때문에 깨어지고 말았다.

국가적 이상의 숭배화

일본이 러시아와 전쟁을 치르기 전 일본 천황은 포고문을 통해 '동양평화를 유지하고 대한독립을 공고히 한다'라고 했다. 하지만 이는 명백한 거짓이었다. 일본은 이미 서구 열강을 따라 약탈과 지배를 일삼고 있었다. 일본은 조선의 동학무리 30만의 목숨을 빼앗았다. 이에 그치지 않고 아세아의 패권을 두고 조선의 땅에서 청나라와 전쟁을 치렀다. 이뿐만 아니라 조선의 온 백성들은 목숨까지 빼앗기며 수탈을 당했고, 조선 왕조는 비참하게 능욕을 당했다. 천황의 포고문은 실로 위선과 거짓에 지나지 않았음이 명백히 드러난 셈이다. 일본은 어째서 서구 열강의 잔혹한 노선을 따르는 것인가.

이것은 오늘날의 서구 열강이 어떻게 그렇게 되었는가부터 살펴봐야 하는 문제다. 그 시작은 1790년의 불난서의 혁명*이었다. 그들은 자신들이 오랫동안 신봉해 왔던 국왕의 목을 내리쳤고, 하느님을 신전에서 끌어내렸다. 절대 권력을 부정하고 인간의 평등을 믿었고, 신이 부재한 신전에는 인간의 이성을 가져다 놓았다. 그들은 과학적 사고를 갖춘 인간을 맹신하기 시작한 것이었다. 인간의 이성은 이제 완벽한 미래의 청사진을 그려 나갔다. 왕정은 공화정으로 대체되었고, 신앙의 자리는 국가가 대체했다. 이제 인간이 믿을 것은 이성이었고, 그 이성이 만들어 낸 것은 국가였다. 인간은 역사상 최초로 국가를 신격화하는 기틀을 마련한 셈이었다.

이러한 기틀에서 자란 독일의 정치 사상가인 니체**는 허무주의를 만들었다. 그는 허무주의로 세상의 모든 것을 부정했다. 신을 비롯한 세상의 도덕, 체제, 질서 그 모든 것을 부정하는 것이었다. 얼핏 보면 동

* 그는 1789년에 발발한 프랑스 혁명을 1790년으로 잘못 기억하고 있다. 프랑스의 역사에 대해서는 미리엘 신부로부터 배웠을 가능성이 크다.
** 그는 니체를 정치 철학자로 정의하는 것으로 봐서 깊게 알고 있지 못한 게 확실하다. 다만 니체 철학의 핵심은 간과하고 있다. 이는 독일인 선교사와의 교류에서 배웠을 것으로 여겨진다.

양의 노자처럼 보이기도 하지만, 노자는 자연의 이치를 믿었고, 니체는 인간의 이성을 믿었다. 니체는 인간이 옛 사상과 가치와 믿음에서 탈피해 새로운 가치를 추구하게 되면 역사상 존재하지 않았던 초인超人이 될 거라 생각했다. 그리고 초인들은 이제까지 존재하지 않았던 이상적인 국가를 건설할 수 있을 것이라 믿었다. 국가의 신격화는 그 기틀이 더 단단해진 셈이다. 서구 열강은 이러한 기틀 아래 국가의 깃발을 내건 채 전쟁을 일삼고 있다.

서구 열강의 인간 이성에 대한 맹신과 국가의 신격화는 일본을 매료시켰다. 하지만 일본은 특이한 국가였다. 천황은 그들의 신앙인 신도神道와도 깊이 연결되어 있다. 범신론인 신도는 그들의 신앙적 정점에 천황을 올려다 놓았다. 천황은 일본을 정치적으로 통치하는 사람이며, 동시에 일본 신앙의 정점에 있는 사람이었던 것이다. 이성을 맹신하는 서양의 사상은 일본에 특이한 형태로 이식되었다. 일본은 천황의 목을 벤 적도 없고, 니체처럼 신을 죽이기에는 너무 많은 신을 믿고 있었다. 서구의 사상은 일본이라는 국가의 신격화를 완성했다. 일본에게 숭고한 건 이제 천황과 신도, 그리고 그 모든 것을 품고 있는 '국가'였다. 즉 국가는 일본의 모든 것이 되었다.

국가가 부르짖는 것은 국가의 번영과 영광뿐이다. 더 많은 공장을 짓고, 더 많은 군대를 보유하고, 더 많은 나라를 지배하는 것이다. 이제 국민들은 국가의 번영과 영광을 위한 도구로만 쓰일 뿐이다. 그들의 희생과 고통은 고려할 사항이 아니다. 그리하여 서구 열강과 일본의 군대는 함선을 타고 아세아로 향했다. 그들은 자신들의 지배 논리를 정의라고 한다. 열강의 정의 아래에서 자국민의 희생은 물론이거니와 피지배국가의 희생은 더욱이 고려할 사항이 아니다. 여기서 우리가 보다 깊게 살펴보고자 하는 것은 일본의 행태다. 일본은 이제 서구 열강보다 뜨거운 국가적 믿음에 사로잡힐 것이다. 그들의 국가에 대한 믿음 체계에는 천황과 신도라는 이중고리가 체결되어(서구 열강은 이성이라는 고리밖에 없다) 있기 때문이다. 그들은 국가를 위해 이제 무엇이든 할 수 있는 것이다. 그 무엇이 무엇이 될까 두렵기만 하다.

평화를 향한 길

　동아시아의 평화는 서구 열강과 일본의 위세 아래 망가지고 말았다. 그렇다면 지배의 논리와 힘의 정의 앞에서 평화는 이대로 무너져야만 하는 것일까. 아니다. 이제 구시대의 평화가 아닌 신시대의 평화가 필요한 때다. 하지만 국가를 맹신하고 있는 서구 열강과 일본에 평화를 도모할 가능성은 존재하지 않는다. 왜냐하면 그들은 국가의 번영과 영광만을 정의라고 여기기 때문이다. 평화의 논리는 애석하게도 착취를 당하는 민족과 국가로부터 나올 수 있는 것이다. 피착취의 대상인 우리는 이제 인간이, 이성이 죽인 도덕과 질서와 신앙을 되살려야 한다. 우리는 인간의 보편을 되찾아야 하는 것이다.

　하지만 냉혹한 현실은 국제 질서의 논리는 힘이라는 사실이다. 군사력이 곧 정치적, 문화적 영향력이다. 피착취의 대상인 우리는 서구 열강과 일본에 비해 영향력이 미비하다. 우리가 할 수 있는 것은 국가가 하지 못하는 군사력을, 개인의 영역으로 치환하는 것이다. 그렇게 창설된 것이 대한제국의 숱한 의군 단체다. 그중 하나가 바로 독립의군이다. 우리는 열강들과의 전면전이 불가능하기에 요인 암살과 주요시설 파괴를 전투 전략으로 삼아야 한다. 하지만 우리는 열강들보다 진보해 있어야 한다. 국가의 정의를 숭배하되 늘 보편을 생각해야 하는 것이다. 너무나 인간다운 보편-무엇이 국가인지, 무엇이 민족인지, 무엇이 사랑인지, 무엇이 인간인지-말이다.

~~그리하여 내가 총을 쏜 것도 동아세아의 평화를 위함이었다.~~●

● 이것은 미완으로 끝난 「정의의 시대」의 마지막 문장인데, 그는 이 문장을 취소하듯 펜으로 거칠게 지워놨다.

작품해설

극단의 시대에
보편을 사유한다는 것

문학평론가 최지현

　『정의의 시대』는 먼지투성이 세상에서 순수를 숨 쉬고자 하는 사람이 겪게 되는 호흡곤란에 관한 이야기다. 그는 과호흡에 허덕이면서도 그 원인인 '이상^異^常 호흡'을 멈추지 못한다. 그는 생의 어느 시점에 희박한 것을 숨 쉬어야만 생존할 수 있도록 다시 태어나 비가역적으로 자라났다. 그에게 호흡곤란은 운명과도 같다. 그를 살아 움직이게 하는 '정의'는 동시에 그의 숨통을 쥐어트는 십자가이기도 하다. 십자가를 짊어지고 죽음의 언덕을 오르는 외에 그는 다른 살길을 알지 못한다.

아렌트의 영혼 vs 슈미트의 정의

　극의 주인공 정의태가 당면한 현실은 극단의 시대에 보편을 사유하는 모두의 현실이다. 특히 그의 고뇌는 한나 아렌트Hannah Arendt의 그것을 연상시킨다. 독일계 유대인으로서 나치 수용소에 감금되기도 했던 그녀는 나치 고위 관료 아이히만에 대한 전범 재판을 목도하고 불길한 기시감에 사로잡힌다. 한나는 자신의 옛 연인이자 철학적 스승이었던 '사유의 제왕' 하이데거조차 나치에 부역했던 모습을 기억하고, 이데올로기에 헌신하는 전체주의 시스템이 자기 객관화의 유일한 수단인 '사유'를 얼마나 철저하게 억압하는지 통찰한다. 세상 '정의'들이 맺은 아름다운 결실들은 어느 정도 사유의 죽음에 빚지고 있다. 불충분한 증거로 아이히만에게 사형 선고를 내린 이스라엘 법정에서 그녀는 세상 정의가 맺은 또 하나의 열매를 본다. 그녀는 악이 진영을 가리지 않고 평범한 모습으로 찾아온다고, 심지어 역사의 피해자들인 유대 공동체 안에도 찾아온다고 시인하여 동족으로부터 모진 비방을 들었다.

악과 적을 동일시하는 정치적 사고에 공공연히 반기를 들기까지 한 한나 아렌트는 전쟁의 시대로부터 족히 20년을 떠나와야 했다. 작가는 도발적이게도 아렌트의 영혼을 가진 한 투사를 전쟁 한복판에 던져 놓는다. 의태는 형두로 대표되는 당대 주류 투사들과 달리 '정의 속의 불의'를 끈질기게 사유하는 인물이다.

서사의 축은 "정의"와 "신앙"의 갈등이다. 유의할 점은 작품이 언급하는 '정의'의 대부분은 정의의 모든 의미를 담지하지 않는다는 것이다. 가령 무고한 행인을 강도 살해한 범죄자에게 대가를 요구하는 '정의'에는 의태의 고뇌가 끼어들 여지가 적다. 작품이 고발하는 정의는 칼 슈미트^{Carl Schmitt}가 '적과 동지를 구분 짓는 것'으로 규정한 정치적 사고에 잠식당한 종류다. 이러한 정의는 범죄현장에서 피살자가 누구편인지부터 의심한다. 범죄자의 정치사상을 파고들며, 소속은 어디이고 지도자와의 친분 정도는 어떠한지 염탐한다. 사회적인 것이든 철학적인 것이든 가용한 모든 조건을 만지작거리면서 판단을 망설이며, 번복하기까지 한다. 따라서 '정의-신앙'의 대립은 의미상 진영주의적 정치 사고와 (정치 집단의 가치를 상대화하여 비판하는) 보편사고의 대립으로 치환할 수 있다.

정치적 정의는 '대의'를 위하여 빈번하게 보편적 정의를 전복해 왔다. 의태가 자신이 한 살인은 살인이 아닌 이유를 힘겹게 찾아내고 강박적으로 복기하고 표명할 때, 그의 내면에서 정치와 보편 간에 사투가 벌어지고 있는 것이다. 이 싸움은 의태의 내면을 분열시키고 죽음 앞에 선 그를 실존적 고뇌로 몰아넣는다.

둘 중 어떤 자아로서 죽어야 하나?

투사인가 신앙인인가?

나는 내가 없을 세상에 어떤 존재로 남겨져야 하나?

얼핏 정치의 승전보처럼 보이는 '십자가를 버린' 그의 결심結審은 상충적인 양가 함의를 내포한다. 정치의 승리는 보편에 의한 자기 처형을 통해서만 성취된다. "민족의 등불"이 되려면 신 앞에서 자신을 불태워야만 한다. 이 세상에 정치의 영지가 한 줌이라도 남아 있는 한 "민족의 등불"은 계속해서 타오를 것이기에, 심판은 오래도록 끝나지 않을 것이다. 사는 동안 그를 괴롭힌 아렌트의 영혼은 그가 죽은 뒤에도 괴로워하는 순간의 그를 다시 무대로 소환할 것이다.

그는 정치적 전체주의totalism에 함몰되어 타자를 인식하지 못하고 따라서 자신을 객관화하지도 못하는 속된 진영주의자들과 달리, 이 진실을 완전히 받아들인다. 그래서 그는 영원히 자신을 분열시키기로 선택했다. 의태는 죽음으로서 역사적 실존을 벗고 인간 실존의 꺼지지 않는 신음이 된다.

'처자식'과 '부역자' — 보편에서 정치로

의태는 한 번은 암살 대상의 곁에 그의 처자식이 있다는 이유로 임무 완수에 실패한다. 실패를 만회하고자 이토 히로부미를 암살하는 거사에 자진하여 뛰어들지만, 이번에는 정보원의 '스케줄 착오'로 엉뚱한 사람을 죽이고 만다.

의태는 도덕적 갈등의 상황에서 주로 보편의 원칙을 따르는 인물이었다. 동료들도 그 점을 잘 알았기에 상황 변화를 인지하자마자 앞다투어 의태에게 알리고자 했다.

형두 이토가 아닌 다른 이를 죽인다면… 의태는 안으로부터 무너져 내릴 수도 있을 거야.

일이 틀어지기 전에는 두 종류의 정의를 구분하고 조율하는 일이 의태에게(그리고 어느 정도는 그의 동료들에게도) 가능했다.

작품은 서사의 변곡점에 돌발 사태를 배치했다. 이토의 부재를 사전에 인지했더라면 틀림없이 의태는 방아쇠를 당기지 않았을 것이다. 얼핏 비극의 클리셰 ― 운명의 장난 ― 처럼 보이는 이 설정이 뜻밖에도 정치의 교묘한 거짓을 폭로한다. 이제 곧 정치는 이 사건을 비장하고 숭고한 언어로 설명하기 시작할 것이다. 을사늑약의 원흉을 사살하고자 한 당초의 목적 외에 동학농민 학살, 명성 황후 살해, 기타 민족적 피해 사안을 종합적으로 정산할 취지 또한 있었던 것처럼, 그러니까 이토가 아닌 실무관들이 죽어야만 했던 이유가 사전에 존재했던 것처럼 얘기할 것이다. 이 설정은 관객의 시선을 정치의 언어가 들려주는 이야기로부터 감추고자 하는 것으로 향하게 한다.

작품은 의태의 총구 앞에 '처자식'과 '부역자'라는 상이한 상징을 순차적으로 투입함으로써 정치적 수사修辭가 은닉한 것을 감별한다.

의태는 임무를 "전쟁"으로 개념화함으로써 살인에 대한 양심의 정죄로부터 벗어나고자 하는데, '국제법적 인식론'이라고 해서 민간인 학살까지 눈감아 주지는 않는다는 점을 그도 잘 안다. '처자식'은 '잘 보이는' 희생자라고 할 수 있으며, 극중 피살자의 아내 나나코와 의태의 어머니로 형상화된다. 의태는 자신이 사형을 면할 경우 어머니가 세간에서 겪게 될 고난을 정확히 내다본다. 이들 가시적 희생자 앞에서 정치는 보편의 눈치를 살피며, 제 정당성을 대외적으로 알릴 좋은 구실을 엿보기도 한다. 짐작건대, 제 손에 죽은 이들이 '여자와 아이'였다면 의태는 범행 자백에 어떠한 정치적 언어도 덧붙이지 않았을 것이다. 그 맥락에서는 자신이 '의병'이라는 사실이야말로 의병에 대한 더없는 모욕이라는 점을 모르지 않을 테니까.

의태의 시야에는 그러나 첨예한 정치적 대립 국면에서 은폐되는 유형의 희생자까지도 어렴풋이 포착된다. 오인사살의 피해자인 두 명의 일제 관료. 그들은 '부역자'에 속하기에 전시에는 죽어도 괜찮은 '군인 사상자'처럼 보인다.

문화인류학자 르네 지라르René Girard는 비가시적 희생자들에게 '희생양'이라는 별도의 이름을 붙였다. 타인의 죄를 전가받고 그를 대신하여 처형당한 고대 희생제사의 제물에서 유래한 은유다. 모종의 죄 때문에 죽은 것으로 알려지기에, 희생양의 죽음은 '희생'처럼 보이지 않는다. 그러나 처형의 죄목은 그들의 것이 아니다. 의태가 파악한 두 사람의 '죽어 마땅한 죄'란, 실상 그들에게서 엿보이는 죄악의 상징들 — 일본인이라는 점. 그것도 일본인 남성이라는 점. 무엇보다 '부역자'의 복장을 한 일본인 남성이라는 점 — 에서 연상된 미심쩍은 혐의, 즉 이토 히로부미처럼 보였다는 그것뿐이다. 그들은 '스케줄 착오'만큼이나 뜬금없고 아리송한 사유로, 이토를 대신하여 죽었다. 그럼에도 사후에 자신들을 살해한 자(의태)의 자기변론에 의해 일제의 모든 죄악을 뒤집어쓰게 된다.

정치는 반드시 적을 상정하며, 이 추상적 악을 대응이 용이하도록 상징화한다. 대적對敵의 사회적 효능감을 극대화시켜 주는 상징은 언제나 어떤 개인이다.

찌르면 피 흘리고 윽박지르면 겁먹는 인격체만큼 싸움의 효과를 적나라하게 드러내 주는 상징은 달리 없다. 정치는 그 본성 안에 희생양 생산의 메커니즘을 통째로 구축하고 있는 셈이다. 정치가 힘쓰는 순간 적진의 개인은 곧장 인격을 상실하고 집단의 죄악을 뒤집어쓴 악마가 된다.

따라서 '오인사살'은 우연이 아니다. 정치적 사고구조 안에서 '오인'이야말로 필연이다. 정치가 윤리적 도피처로 여기는 전쟁이라는 개념은, 보편의 관점에서는 무수한 인격들을 말살해 온 정치의 죄과에 대한 직관적 표상에 불과하다. 전쟁은 살아 숨 쉬는 인생들이 거악으로 치환되는 장면과 거악에 박아 넣은 총알이 초라한 개인의 시신에서 발견되는 장면을 동시에 보여 준다. 그러나 가늠구멍에 끼워 맞춰진 정치의 눈은 두 번째 장면을 보지 못한다. 정치에 몰두하는 자는 모든 타자들에게서 어떻게든 '적'의 혐의를 찾아낸다. 소위 '의심의 해석학' 속에서 나와 같지 않은 모두가 권력이 되고, 한남이 되고, 페미가 되고, 빨갱이가 되고, 무슨무슨 '빠'가 되고, 혐오주의자가 되고, 사탄이 된다. '오인'은 현재진행형이며, '사살'도 마찬가지다.

감옥과 정치

 그렇다면, 무엇이 그들로 하여금 그토록 정치에 몰두하게 하는가?

 변호사 다이스케에 대한 의태의 항변 속에 단서가 있다. 의태는 정치적 상징의 질서를 필사적으로 사수한다. 한 발짝이라도 밀리는 순간, 피아 구분의 참호가 무너질 것이고 '살인자'라는 자신의 실체를 외부에서 알아볼 것이다. 그에게는 아직 희생양의 얼굴을 마주할 용기가 없다. 정치의 영지 안에 이대로 눌러앉기만 한다면, 죽은 이들은 영원히 죽어 마땅한 '적'으로, 자신의 살인은 언제까지고 '정의'로 남을 것이다.

 정치의 극단화를 추동하는 힘은 그 자신의 도덕적 오류를 해결하고자 하는 갈망, 곧 '죄의식'이며, 동시에 그것은 저편에서 이쪽을 예의 주시하는 보편의 시선에 대한 두려움이기도 하다. 보편은 변호사처럼, 피살자의 아내처럼, 어머니처럼, 미리엘 신부처럼 불현듯 다가와 정치의 단단한 얼굴에 불을 지핀다.

희생양의 실체에 대한 은폐는 객관을 철저하게 부정할 때에만 가능하다. 객관을 끝없이 '적'으로 환원하면서 추방해 온 극단의 사유는 결국 보편의 영역을 인식 지평 너머로 밀어내고 외부와 단절된 감옥이 된다. 극중 감옥은 사회성의 스펙트럼이 소멸된 상징적 공간으로서, 정치적 사유 세계의 물화다. 안과 밖이라는 단순한 분리구조에는 처형당하는 자와 처형하는 자라는 상호적대적인 두 종류의 인간만이 들어맞는다. 이따금 스펙트럼이 번질 조짐(면회객 방문과 같은)이 일지만, 잠깐뿐이다. 명목상 '죄의 대가를 지불하는 곳'에서 의태는 오히려 자기 정당화의 기회를 맞는다.

죄의식이 없는 자에게 적의 공격은 달갑지 않다. 그런 부류에게 감옥은 말 그대로 감옥일 뿐이다. 그러나 죄의식에 시달리는 자에게 적의 공격은 치유이자 휴식이다. 저들은 당연히 그런 식으로 말할 것이다! 저들이 진리인양 떠드는 소리들은 전장의 포성처럼 한 가지 의미밖에는 없다. 나를 파멸시키겠다는 것. 단 하나의 결론에 끼워 맞춘 잡담일 뿐이다. 실제로 '적'은 아무개의 죄나 피해자의 아픔에 별 관심이 없다. 그들의 진짜 관심사는 제 진영의 정치적 이득이다. 적의 속성을 잘 알기에 의태는 검찰관 사쿠타로가 죄의 문제를 따분하게 늘어놓을 때, 그 속내를 받들어 서슴없이 이렇게 답할 수 있었다. "나는 (당신들이 죽이려고 안간힘을 쓰는) 독립의군 중장이오."

표면상 의태는 정치적 극단주의의 결과로 감옥 신세를 지게 된 것처럼 보이지만, 실상은 그 반대다. 의태는 감옥에 갇힌 뒤에야 비로소 극단주의의 효용을 발견한다. 거기서 그는 민족을 사수하듯 감옥을 사수한다. 그에게 진정 두려운 결말은 사형당하는 것이 아니라 감옥에서 '풀려나는 것'이다. 오직 감옥 안에서만 그는 '의병'으로 남을 터였다. 적에게 꼼짝없이 둘러싸인 이곳은 그에게 양심의 피난처, 곧 전쟁의 한복판과 같다. 여기서 생을 마감하지 않는다면, 그는 한갓 '살인자'에 지나지 않게 되며, 어느 가족을 파멸시킨 감당할 수 없는 죄를 고스란히 떠안아야만 한다.

정치 세계의 토대는 침략자들도 레지스탕스도 전쟁 자체도 아니다. 감옥이다. 자신과 타자의 '죽음'을 둘러싼 실존적 공포와 고뇌를 강제로 구금한 견고한 이분법적 구조다. 모든 면회객들과 고별한 뒤 의태의 독방은 양극성 외에는 한 줌 여백도 남지 않은 순수한 정치세계가 된다. 거기서 보편은 그 실체를 도무지 눈으로 볼 수 없는 '신'과 같은 상징으로만 존재한다.

지라르의 '근심' — 다시 보편으로

그런데 어찌된 일인지, 의태는 극단의 시대와 끝내 손잡지 못하고 자신의 죄악을 스스로에게 숨기는 일에 실패하고 만다. 시종 그로 하여금 자신의 죄를 직시하도록 부추긴 것은 그의 신앙이다.

> **미리엘 신부** (고개를 천천히, 오랫동안 가로저으며) 세상 무엇으로도 살인을 정당화할 수 없는 법이다. 너는 이제 죄를 지었으니 주님의 품에서 카인처럼 추방당할 것이다.
> **의태** 부디 저를 내쫓지 마십시오. …(중략)… 제발 저를 버리지 말아 주십시오. 제발….

그는 보편을 매 순간 영접하는 자, 만물에 통하는

단 하나의 이상을 숨 쉬지 않고서는 살 수 없는 자다. 자신이 떳떳한 의병이기만 한 독방 세계에 들어가 숨 죽이고 있다가도, 무심결에 숨 한번 돌리면 여지없이 그는 각성한다.

대체 신앙이란 무엇인가? 신앙과 정치적 신념의 차이는 무엇인가?

신앙은 보편을 인격화한다. 저 먼 곳, 불변의 산지에 타자의 얼굴을 조각한다. 특히 그리스도교가 보편에 새겨 넣은 것은 인간 사회가 살해한 희생양의 얼굴이다.

실로 인류는 보편이 너무 멀어지고 작아지고 희소해져서 단 하나 남은 '신'처럼 되기까지, 모든 보편적인 것들을 정치 세계의 부분으로 환원해 왔다. 그런데 '유일신'이 카인들의 세계에 신비로운 방법으로 침투하여 그들 손에 희생당함으로써 희생에 관한 모든 진실을 폭로했다는 이야기가 전한다. 지라르는 '십자가 사건'을 '신이 희생양이 되어 그들을 대언한 이야기'로 읽어 낸다. 그리스도는 이제껏 세상에서 살해당한 이들이 무고한 희생양임을 자신의 삶과 죽음을 통해 계시한 자로서, 희생양의 얼굴이요, 입이다. 진영 불문 세상 모든 곳의 희생양을 발견하고 복권시키고자 하는 이 같은 보편주의를 지라르는 '희생양에 대한 근심'이라고 불렀다.

아이러니하게도 의태는 따갑고도 그리운 이웃의 시선들을 '정치적으로 올바른' 끝인사로 힘겹게 떠나보낸 뒤로도, 살인자를 가장 혹독하게 정죄하는 상징인 십자가를 품에 간직한 채 죽기까지 신음했다. 필시 그는 자신이 죽인 대상이 이제껏 숭배해 온 대상과 묘하게 겹쳐지는 것 같은 심상을 떨칠 수 없었을 것이다. 그에게 신은 피살자의 투사投射다. 신은 죽은 자들의 복수를 대신하는 존재로서 그에게 다가와 살인의 대가를 집요하게 추궁하고 심판의 임박을 경고한다. 정치적 자아로 남기를 선택한 마지막 순간에도 의태는 자신의 행동이 완전히 의로운 것이라는 간명한 정치적 결론에 이르지 못한다. 끝내 그에게 정치적 정의란 보편에 의해 심판당해야 마땅한 무엇이었다.

의태는 어쩌면 인간 스스로의 노력으로 달성할 수

있는 의로움의 극한을 보여 주는 인물이다. 지라르는 희생양이라는 단어 자체의 계시능력을 강조한다. 우리가 살해한 타인의 실체를 지시하는 그 단어를 인식하는 자체로부터 윤리적 혁신의 힘이 발산된다. 우리가 할 수 있는 최선은 진실 앞에서 끝없이 '근심'하는 것이다. 내로남불로 점철된 시대, 내로남불에 가담하고 있는 자신을, 그리고 내로남불에 희생당한 타자를 아픈 눈으로 바라보는 것이다. 계속해서 우리 자신을 무대 위에 세워 두고 따가운 스포트라이트를 뒤집어쓰는 그것이다. 그렇게 해서라도 쉬지 않고 보편의 시선을 객석 어디쯤에 초대하는 것이다.

작가노트

정의의 시대를 떠나보내며

이우

정의의 시대는 2016년 모로코에서 태어났다. 모로코의 수도 라밧, 그곳에는 국왕이 지은 무함마드 6세 현대미술관이 자리 잡고 있다. 나는 일 년 동안 이곳으로 출근했다. 물론 일을 했던 건 아니었다. 미술관의 1층에는 카페 캐리온Carrion이 있기 때문이었다. 내가 가는 곳이 바로 이곳이었다. 책과 노트북을 챙겨 늘 이곳으로 향했다. 나의 자리는 항상 테라스에 위치한 테이블이었다. 북아프리카의 햇살이 싱그럽게 비춰오고, 대서양의 바다 내음이 부드럽게 밀려오는 기분 좋은 자리였다. 그곳에서 민트를 진하게 우려낸 모로칸 민트티나 따뜻한 커피를 시켜 담배 연기와 함께 음미하며 온종일 읽고 쓰며 문학을 향유했다.

모로코에서 태어난 원고는 그동안 서랍 속에서 잠들어 있었다. 이 원고를 꺼내게 된 건 2021년의 어느 겨울날이었다. 북아프리카의 정취가 가득 담겨있는 5년 전의 원고는 사실 너무나 형편없었다. 하지만 애착이 가득한 작품이기에 이걸 다시 다듬고 출간하기로 결심했다. 조악했던 원고와 소설가로서 부족했던 나 자신을 바로잡는 건 쉽지 않은 일이었다. 몇 번이나 고치던 나는 결국 처음부터 다시 집필하기로 결심했다. 사실 고쳐쓰기 전 이 작품의 주인공은 정의태가 아니라 안중근 의사였다. 하지만 '보편의 시선'으로 안중근 의사를 바라본다는 건 어쩌면 우리 시대와 민족의 '성역'을 건드리는 것이라는 두려움이 엄습했다.

그리하여 정의태가 탄생했다. 덕분에 나는 창작에 있어 더 자유로울 수 있었다. 정의태를 그 어떤 제약도 없이 극단으로 몰고 갈 수 있었다. 나는 다양한 인물들의 가면을 쓰고 그를 막다른 골목으로 몰아넣었고, 그는 내게 계속해서 항변했다. 나는 그것을 받아 적기만 하면 됐다. 그렇게 이 작품이 탄생했다. 사실 초기의 제목은 '하얼빈의 총성'이었다. 2022의 여름까지만 해도 말이다. 하지만 공교롭게도 안중근 의사의 이야기를 담은 김훈 작가의 『하얼빈』이 먼저 출간하는 바람에, 이 책이 큰 그늘에 가려질까 제목을 변경하게 되었다. 그래서 택한 게 바로 '정의의 시대'였다. 극 중에서 정의태가 집필한 논문의 제목이기에 더 의미가 있을 것 같았다.

'정의의 시대'로 바뀌고 나서 오히려 잘됐다는 생각이 들었다. 나는 2016년, 이 원고를 처음으로 집필할 당시 알베르 카뮈의 무덤을 찾아가기 위해 프랑스로 향했다. 남부 프랑스에 위치한 작은 시골 마을 루르마랭Lourmarin이 그 목적지였다. 그곳에 살고 있던 노부부 톰과 임마누엘은 나를 자신들의 집으로 초대해 잠자리를 제공했다. 그들은 저녁 식탁에 마주 앉은 내게 물었다. 왜 프랑스인들도 찾아오지 않는 알베르 카뮈의 무덤에 찾아왔느냐고. 나는 말했다. 카뮈로부터 문학적 유산을 받았기에, 나는 그를 문학적 조상으로 여긴다고. 그리고 덧붙였다. 언젠가 나는 소설가가 될 것이며 그에게 '한 작품'을 헌정할 것이라고.

그것이 바로 정의의 시대였다. 이 책은 카뮈의 유산으로부터 잉태했다. 카뮈의 『정의의 사람들』에는 세르게이 알렉산드로비치 대공을 암살한 러시아 사회주의 혁명가의 이야기가 등장한다. 극단으로 치달은 정치적 임무와 그에 수반될 수밖에 없는 폭력과 살인, 그리고 그에 따른 인간적 죄책감의 무게를 밀도 있게 녹여낸 작품이다. 나는 인간이 무엇인지 적나라하게 드러나는, 정의와 도덕 사이에서의 딜레마라는 매력적인 클리셰에 매료되었다. 나는 이 클리셰에 내가 일생동안 완전무결한 영웅으로 여겼던 독립운동가의 환영을 던져넣었다. 그리고 카뮈가 보내지 못한 영역까지 그를 잔혹하게 몰아갔다.

정의태를 통해 너무나 인간적인 인간을 그려보고 싶었다. 이는 시대적 성찰이기도 했다. 우리는 오늘날 자신만의 극단주의 속에서 살아간다. 각종 온라인 커뮤니티, 정치적 진영, 종교적 믿음, 젠더 갈등, 성 정체성, 비건과 환경 문제, 그리고 지금도 벌어지고 있는 우크라이나 전쟁까지. 모두 자신이 속한 세계의 정의가 진정한 정의라 외치며, 자신의 정의를 세상에 강요하려 하고 있다. 하지만 만일 그 정의에 불의가 숨어 있다면, 우리는 그 불의를 어디까지 모른 척 할 수 있을까. 정의 속에 불의를 외면하지 않고 직시할 수 있을까. 정의를 위해서 불의를 어디까지 정당화할 수 있을까. 세상에 질문을 던지고 싶다.

　마지막으로 감사의 인사를 전하고 싶다. 곁에서 정의의 시대가 영글 수 있도록 조언과 용기를 주신 류광호 작가님, 한없이 부족한 작품보다 더 값진 평론을 달아주신 문학평론가 최지현 선생님, 수없이 반복했던 퇴고에도 불구하고 그저 묵묵하게 작업해주신 기민주 디자이너님, 멋진 그림을 정의태의 초상으로 기꺼이 허락해주신 이연 작가님, 번거로운 요청에도 불구하고 멋진 표지를 만들어주신 방윤정 작가님, 늘 격려와 응원을 아끼지 않은 부모님과 누나, 그리고 곁에서 그 누구보다도 따뜻한 용기를 건네준 우연이에게 감사를 전한다.

　마지막으로 머나먼 타지에서 홀로 치기 어린 문학도로 지내던 시절, 유일한 친구이자, 닿아야 할 목적지이자, 사상적 스승이 되어준 알베르 카뮈에게 이 책을 바친다.

정의의 시대

초판 1쇄 발행 2022년 10월 21일

지은이 | 이우
발행인 | 이동현
일러스트 | 이연
표지 디자인 | 방윤정
내지 디자인 | 기민주
교정교열 | 신희정

펴낸곳 | 몽상가들
주소 | 서울특별시 마포구 와우산로 29나길 20, 2층

출판등록 | 2017년 10월 24일 제2017-000014호
이메일 | mongsang.books@gmail.com
인스타그램 | @mongsang_books

©이우 2022

ISBN 979-11-91168-04-4 (02810)

- 이 책은 저작권법에 따라 보호받는 저작물이므로 무단 전재와 무단 복재를 금지하며, 이 책 내용의 전부 또는 일부를 이용하려면 반드시 저작권자와 몽상가들의 서면 동의를 받아야 합니다.
- 잘못된 책은 바꾸어 드립니다.